KB177176

살아 있다는 것은

문정희 시에세이

살아 있다는 것은

문정희 시에세이

생각속의집

순간을 놓치며 사는 것은

영원을 놓치며 사는 것이다

어느 땅에
늙은 꽃이 있으랴

꽃의 생애는
순간이다

젊은 날부터 나는 살아 있다는 것은 순간을 파도치는 것이라고 생각했습니다. 순간을 놓치는 것은 영원을 놓치는 것이라고 생각했습니다. 그리하여 매순간을 뜨겁게 치열하게 타오르곤 했습니다.

나는 오직 시인이고 싶었습니다. 시의 호흡에 방해가 될까 봐 최근에는 산문도 가능하면 피해왔습니다. 시詩라는 모국어로 나 자신을 혁명하고 싶었던 것입니다.

이 책은 젊은 날의 나의 슬픔과 상처, 그리고 나의 사랑과 절망이 그대로 드러난 글들입니다. 이제는 좀 숨기고 싶은 감정이나 정서도 있고, 특히 문학에 대한 나의 앵글이 좀 더 다른 형식으로 진전된 것도 있지만 그대로 두기로 했습니다.

어떤 글에서는 맨살이 뭉클하게 만져져서 글을 읽다가 나 또한 한 사람의 독자가 되어 망연히 먼 곳으로 시선을 떨구기도 했습니다. 재능을 이렇게 노예화하고 살았구나 싶었습니다.

하지만 이 모두가 순간의 삶, 바로 현재의 삶을 향한 나의 아프고 뜨거운 열정의 기록이라 생각합니다.

사실 이 책은 나의 시와 시인적인 내면을 아끼고 사랑해주는 진정 어린 손길에 의해 세상에 나오게 되었음을 고백하지 않을 수 없습니다. 나의 시집과 젊은 날의 나의 에세이를 정성껏 읽고 골라 한 권의 책으로 엮어준 생각속의집 성미옥 대표에게 특별히 감사를 드립니다.

2014년 겨울날 문정희

차례

다시, 나를 위하여

비로소, 인생을 위하여

오직, 사랑을 위하여

찔레

꿈결처럼
초록이 흐르는 이 계절에
그리운 가슴 가만히 열어
한 그루
찔레로 서 있고 싶다

사랑하던 그 사람
조금만 더 다가서면
서로 꽃이 되었을 이름
오늘은
송이송이 흰 찔레꽃으로 피워 놓고

먼 여행에서 돌아와
이슬을 털 듯 추억을 털며
초록 속에 가득히 서 있고 싶다

그대 사랑하는 동안

내겐 우는 날이 많았었다

아픔이 출렁거려

늘 말을 잃어 갔다

오늘은 그 아픔조차

예쁘고 뾰족한 가시로

꽃 속에 매달고

슬퍼하지 말고

꿈결처럼

초록이 흐르는 이 계절에

무성한 사랑으로 서 있고 싶다

사랑하는
동안

내겐 우는 날이
많았다

손톱 끝에 반달로 남은 봉숭아 꽃물처럼 이제 누군가와 헤어져야 할 시간이 가까워져 오나 보다. 서두르지 않아도 모래시계에서 흘러내리는 모래를 따라 계절이 천천히 손을 흔드는 시간. 수많은 사랑과 이별에 이미 익숙해 있으면서도 아직도 첫 경험처럼 가슴이 우기雨氣로 가득 차오른다.

나는 참으로 많은 사랑과 이별에 울었다. 기차를 타고 떠나버린 고향과 어머니, 그리고 방랑이라는 천형의 운명을 어깨에 달고 무수히 떠돌아다녔던 도시들……, 무엇보다도 그 도시에서 서로 따스한 눈빛을 주고받으며 사랑을 나누었던 사람들과의 이별. 마치 거미줄에 매달린 이슬처럼 내 생의 그물에는 수많은 사랑과 이별의 추억들이 고귀한 보석처럼 매달려 있다. 그러나 나는 또 수많은 사랑과 이별을 더 치러야만 할 것이다. 몸속에 따스한 피가 흐르고 지순한 숨결이 내 가슴 안에 살아 있는 한, 우리는 사랑과 이별을 마치 지병처럼 치러내지 않으면 안 된다.

어제 차를 타고 가다가 나는 그만 갑자기 서행을 하지 않을 수 없었다. 초겨울 낙엽이 길 가득히 뒹굴고 있었기 때문이다. 낙엽은 빛나는 우리들의 추억, 나의 거미줄 위에 매달린 고귀한 사랑의 추억처럼 눈부신 그것들을 나는 결코 그냥 짓밟고 지나갈 수가 없었다. 그 아름답고 뜨거운 낙엽의 숨결들을 차바퀴 아래 무참히 깔고 지나간다면 거기에서는 분명 슬픈 비명이 들릴 것만 같았다.

아니었다. 길에는 무수한 이별이 떨어져 뒹굴고 있었다. 아름다운 이별이었다. 지난 계절 동안 뜨거운 폭양을 머리에 이고 젊음을 다해 사랑했던 사랑의 증거가 거기 가득히 떨어져 있었다. 내가 아닌 그 누구라도 그 위를 그냥 스쳐 지나지 못했으리라. 바스락거리며 이별을 온몸으로 치르는 낙엽에서는 깊은 생명의 냄새가 쏟아져 나오기까지 했다. 그래서 나는 그 이파리 위를 서행하며 찬 서리와 살얼음이 다가옴에도 불구하고 이 겨울이 몹시도 따뜻하고 달콤하리라는 예감에 사로잡혔다.

풍성한 사랑과 아름다운 이별, 이보다 더 뜨거운 것이 있을까. 혼신을 다해 한 사람을 사랑하고, 진실을 다해 떠나갔던 여인처럼 이제 또 한 번 향기로운 이별을 마련하고 있는 자연 앞에 나는 진실로 외경했다.

어린 시절, 우리 집에는 선남이라는 처녀가 계절마다 놀러오곤 했다. 우리 어머니의 친정 조카뻘이 되는 그 처녀는 눈이 왕방울처럼 크고, 머리가 어찌나 길던지 마치 말 꼬리처럼 엉덩이를 치렁치렁 덮을 정도였다. 그 처녀는 너무도 때가 묻지 않고 순박했으며, 거기다가 솔직하고 매사에 적극적이어서 우리 가족은 모두 그녀를 좋아했었다.

"아이고, 지가 나타났어요. 장독대 밑으로 갔어요."

그녀가 '쥐'를 '지'라고 발음하며 무서워서 펄쩍펄쩍 뛸 때면 가족들은 모두가 배를 잡고 웃었다. 그런데 그녀의 여행은 언제나 열흘 정도뿐이었다. 워낙 깔끔한 그녀의 어머니가 혹시 우리 집에 폐가 될까 봐 그렇게 정해놓고 보냈기 때문이었다.

그녀는 여행이 끝나갈라치면 사흘 전부터 울기 시작했다. 지루한 장맛비처럼 지겹게 우는 것이 아니라 대목 대목에서 언뜻언뜻 옥잠화처럼 우는 것이었다. 이별을 그토록 통렬한 아름다움으로 치르는 사람을 나는 일찍이 그녀 이후로 본 적이 없었다. 우리 집에서 일을 도와주는 언니의 말에 의하면, 그녀는 우리 옆집에 사는 사촌인 K오빠를 좋아해서 그런다고 했다. 그렇다고 하더라도 그녀가 머물다 간 며칠간은 우리들로서도 참으로 사랑과 활기가 넘쳤었다. 몸을 아끼지 않고 어찌나 설거지를 열심히 하는지 놋그릇들이 황금 그릇처럼 빛을 발했고 장독대는 반짝거렸으며, 그녀의 다듬이 소리는 무슨 교향악단의 그것처럼 경쾌했다. 진실로 시간과 목숨의 값을 온몸으로 사랑하는 모습이었다.

그리고 며칠 후, 그녀는 그렇듯 멋지게 펑펑 울며 떠나갔다. 무슨 활짝 핀 꽃처럼 필 때는 있는 힘을 다해 향기를 터뜨리고, 여운을 남기며 떠나가는 그녀가 오래 나의 뇌리에 남는 것은 너무도 당연한 일이었다. 그러나 대부분의 사람들은 사랑도 이별도 제대로 하지 못하기 일쑤이다. 말하자면 사랑을 할 때는 이별을 미리 겁내어 약아빠지게 사랑을 하고, 헤어질 때도 슬며시 헤어져 버린다. 사랑이 없으므로 이별도 없다고나 할까.

며칠 전 밤늦은 시간까지 학교에 남았다가 후배들과 함께 우르르 무슨 호프인가 하는 독일식 맥주 집으로 들어갔다. 학생들이 떠나버린 텅 빈 캠퍼스. 비로소 밤의 침묵 속에서 휴식을 취하고 있는 뜨거운 구호가 적힌 플래카드 사이를 빠져나오며 괜히 스스로 학문에 취한 듯 기분이 상승했던 탓만은 아니었다.

"목숨이 붙어 있는 동안 우리가 할 수 있는 많은 일들 중에 가장 아름답고 향기로운 일은 역시 사랑을 하는 것이 아닐까. 최선을 다해 무엇인가를 사랑하는 일이야말로 그 무엇보다도 생명에 값하는 일이라고 생각해."

독일풍의 장식과 생맥주집 특유의 분위기 아래서 내가 이렇게 방백 했을 때, 좌중에 앉은 모두는 눈빛을 반짝이며 호기심을 바짝 당겼다.

"그중에서도 한 사람을 사랑하는 것이야말로 가장 아름다운 일이지."

그때 나의 말이 끝나기도 전에 며칠 전 맞선을 보았다는 후배가 막 날라져온 맥주 거품으로 입술을 축이며 다소 진지하게 되물었다.

"그런데 저는 상처받는 게 무서워서 사랑을 못 하겠어요."

좌중은 너나없이 가벼운 한숨들을 토해냈다. 이 대목에서 나는 어쩔 수 없이 이미 진부한 테마가 되어버렸지만 언제 또 들어도 아름다운 칼릴 지브란의 《방랑자》 한 페이지를 떠올려 들려줄 수밖에 없었다. 조개 하나가 이웃에 사는 조개에게 들려주었던 상처에 관한 이야기였다.

"얘, 내 속에 못 견디게 괴로운 것이 하나 있어. 그건 너무 무겁고 둥글어. 정말 난 곤란해 죽겠어."

그때 다른 조개가 아무렇지도 않은 듯 만족한 표정으로 이렇게 대답했다.

"나는 내 속에 아무런 상처도 갖고 있지 않아. 모든 게 정상이고 완전하지."

바로 그때 게 한 마리가 지나가면서 소리를 쳤다.

"그래? 그렇지만 저 아픈 조개가 참고 있는 덩어리는 영롱한 진주인걸."

상처를 받는 것이 두려워 사랑을 못 하겠다는 그 후배는 어쩌면 잠시 역설을 얘기했을지도 모르겠다. 진정한 사랑은 결코 상처 따위는 남기지 않기 때문이다. 만약 남긴다면 그것은 진주이지 상처가 아니다. 어정쩡한 사랑만이 흉한 상처를 남긴다. 어정쩡한 것은 사랑이 아니고 바로 정서적인 게임이었으며, 그 게임은 당연히 승자와 패자를 만들고야 말기 때문이다.

사랑의 흉내는 내었지만 진정한 사랑이 아니었던 사랑이 흉터를 남길 것은 당연한 일이다. 혹시 손해나 보지 않을까 해서 온몸을 도사리고 조건만 은근히 따져보는 것은 사람의 영혼을 더럽게 만들 뿐이다. 낡은 사진관에 걸려 있는 가짜 학사모를 쓰고 찍은 졸업사진처럼 사랑의 흉내만 내고 만 사랑을 우리는 결코 사랑이라고 착각해서는 안 되리라. 다시 말하지만 사랑이 남긴 흔적은 상처라 부르지 않고 진주라 부른다. 사랑의 아픔과 사랑의 고통으로 만들어낸 단단한 보화 진주, 그것은 누구도 훔쳐갈 수 없는 오직 나 자신만의 재산이다. 아무도 모르는 시간에 홀로 꺼내어보고 미소 지을 수 있는 추억부자의 주인공이 되는 것이다.

그러나 나는 기실 부끄러웠다. 후배들 앞에서 사랑의 고귀함과 이별의 아름다움을 강조하면서 나야말로 어느 의미론 사랑의 통렬한 실천가라기보다 그저 사랑의 예찬가요 애호가에 불과하다는 자각 때문이었다. 사랑을 그토록 갈구하고 예찬하면서도 정작 몸과 마음을 바쳐서 사랑의 불더미에 누운 기억이 그다지 없다는 것을 나는 부끄럽지만 고백할 수밖에 없다. 그리고 생애의 방향계를 바꿀 만큼 아픈 이별의 기억도 몇 안 되는 것을 나는 부끄럽지만 인정 안 할 수가 없다. 사랑이 가져다주는 갈증은 퍼내도 퍼내도 또 퍼내고 싶은 샘물처럼 끝없기 때문인지도 모르겠다는 위로를 스스로에게 잠시 해보았지만, 그러나 나는 다시 사랑을 해야겠다는 뼈저린 자각에 전신에서 소름이 돋았다.

또다시 사랑하고 싶다는 욕망은 바로 내가 살아 있다는 확실한 증거가 되리라. 그 많은 사랑과 그 많은 이별이 가져다준 보석에 의해 내가 이만큼 영글었다면, 이제부터 타오르는 불길에 의해 나는 진실로 영원해지리라. 그런 연후에 이제 그대 없이 홀로 남은 시간이 사막이었음을 진실로 선언해도 되리라.

사랑을 한다고 하면서 나는 새끼손가락 하나만을 상물에 띔겼는지도 모른다. 신발이 젖을까 봐 발은커녕 두 손조차 강물에 넣지 못하고 그저 강가에 서서 조금 울다가 말았는지도 모른다. 그런 의미에서 나는 사랑의 열등생이요 사랑의 미수범에 불과하다고 해야 마땅하다. 차바퀴 아래 부서지는 낙엽들의 눈부신 모습은 사랑의 뒤안길에서 보이는 슬픈 자태가 아니다. 오히려 사랑의 승리자의 모습임을 나는 믿는다.

사랑의 마법에 주저 없이 빠지고, 그 마법이 끝나는 날 후회 없이 돌아서는 모습, 그것이야말로 우리가 사랑 앞에 바쳐야 할 가장 순결한 의식이 아니겠는가.

목숨의 노래

너 처음 만났을 때
사랑한다
이 말은 너무 작았다

같이 살자
이 말은 너무 흔했다

그래서 너를 두곤
목숨을 내걸었다

목숨의 처음과 끝
천국에서 지옥까지 가고 싶었다

맨발로 너와 함께 타오르고 싶었다
죽고 싶었다

사랑은 언제나

전쟁처럼
찾아왔다

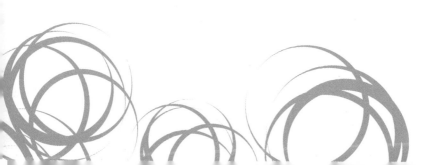

이 세상에서 가장 순수하고 가장 조용하게 오는 것이 사랑이라면 나는 누군가를 한 번도 사랑해본 적이 없다. 나의 사랑은 언제나 전쟁처럼 격렬하게 왔다. 악마를 데리고 나타난 태풍이었다. 나는 그를 만난 그날부터 입술이 까맣게 타들어 가는 열병에 쓰러졌고, 어떻게 하면 그를 사로잡을 수 있을까, 온갖 무기를 다 꺼내놓고 밤잠을 설쳤다. 누군가는 사랑을 하게 되면 가진 것 다 꺼내주고 다만 가뿐히 그에게 모든 것을 기대기도 한다는데, 나의 사랑은 팽팽히 잡아당긴 활시위처럼 뜨거웠고, 무정하게 가로막는 장애를 뛰어넘기에 바빴다. 번번이 상처는 컸고, 때론 불구가 되었으며 한동안 슬픈 포로가 되어버렸다.

그러나 요즘 다시 생각해본다. 나는 최선의 사랑을 했는가. 아니다. 다시 첫사랑을 하고 싶다. 사랑은 신이 인간에게 생명과 함께 내린 최대의 아름다운 특권이 아닌가. 그것이 비록 병들어 죽고 썩어버릴 육체의 꽃일지언정…….

주여, 우리가 당신을 향하여 때로는 대결의 자세를
지을 수도 있는 우리가 가진 최선의 무기는
사랑이외다!
그밖에 무엇으로써 인간을 노래하리까?
파편 위에 터를 닦는 저들 부귀와 영화이오리까?

— 김현승, 〈사랑을 말함〉 부분

다형茶兄 김현승은 〈사랑을 말함〉이라는 시에서 이렇게 노래했다. 사랑 말고 우리 인간이 가진 그 어떤 것이 신을 향하여 때로 대결의 자세를 지을 수 있으랴. 사랑이야말로 모든 창조와 예술의 모태가 된다는 것은 그런 의미에서 너무나 당연한 일이다.

사랑을 통하여 우리는 가장 깊은 슬픔과 기쁨을 맛볼 수 있으며 생명을 건 절망과 상실과 뜨거움에 울어볼 수도 있다. 진실로 내가 다시 사랑을 한다면 그 뜨거움으로 혼신을 다하고, 그 맹목으로 계산하지 말며, 그 열정으로 생명의 힘을 무한히 확장하리라. 머릿속에다 민감한 계산기를 장전해둔 이에게 사랑은 결코 그 진면목을 보이지 않는다. 또한 심혈을 다하지 않고 적당한 곳에서 멈춰버린 사랑, 아련한 그리움과 정서의 남발 속에서 감정의 소비나 즐기는 차원의 사랑은 진눈깨비처럼 우리의 삶을 어지럽힐 뿐이다. 그 옛날 나의 스승 무애 양주동 선생은 젊은 우리들에게 사랑에 관한 강연을 시작하면서 먼저 칠판 한쪽 끝에다 반짝이는 큰 별을 하나 그려놓았다. 그리고 다시 반대편 끝에서 두 사람의 밝은 시선이 그 큰 별을 바라보는 모습을 그려놓았다. 그리곤 이렇게 강변했다.

"사랑은 두 사람의 이성이 같이 한 개의 별을 바라보며 아름답게 걸어가는 것입니다. 여러분, 어두운 찻집이나 술집에서 끌어안거나 하는 것은 결코 사랑이 아닙니다."

지금 들어도 낯설거나 진부하다는 생각이 들지 않는 명강의였다. 어쩌면 사랑은 없고 속도와 계산만 있는 시대, 사랑이라고 하면 섹스와 동의어로 알고, 결혼이라고 하면 조건만 앙상하게 내세우는 현실에서 사랑이라는 말조차도 부끄럽고 초라할 뿐이다. 서로에게 숨겨져 있는 보석을 발견해주고 그것을 눈부시게 아름답다고 환호해주는 사랑에 다시 한 번 빠져 죽고 싶다. 그래서 죽음으로도 갈라놓지 못하는 그런 사랑을 획득하고 싶다. 죽은 캐시를 끌어안고 "가까이 오지 마라. 이젠 나의 것이다!"라고 절규하던 히스클리프는 《폭풍의 언덕》에서만 존재하는 신화가 아니리라. 사랑이 아니라면 우리는 무엇으로 이 나약하고 짧은 생명을 눈부시게 키울 수 있으랴.

'사랑은 이다지도 짧고 망각은 그렇게도 길다'고 노래했던 파블로 네루다의 사랑 시에 대한 화답으로 나는 며칠 전 이런 시구를 썼다.

'이 세상 모든 사랑은 무죄.'

키 큰 남자를 보면

키 큰 남자를 보면

가만히 팔 걸고 싶다

어린 날 오빠 팔에 매달리듯

그렇게 매달리고 싶다

나팔꽃이 되어도 좋을까

아니, 바람에 나부끼는

은사시나무에 올라가서

그의 눈썹을 만져보고 싶다

아름다운 벌레처럼 꿈틀거리는

그의 눈썹에

한 개의 잎으로 매달려

푸른 하늘을 조금씩 갉아먹고 싶다

누에처럼 긴 잠 들고 싶다

키 큰 남자를 보면

혼자 꺼내보는

그 때
그 사랑

초여름 길에 아카시아가 피어 있으면 더욱 좋다. 은은하면서도 우아한 향기. 만약 진주眞珠에서 향내가 난다면 아마 아카시아 향내가 나리라. 그 아래 서면 초여름 길처럼 가슴 두근대는 추억이 소롯이 떠오른다. 그것은 누구에게 쉽게 고백하기에는 아무래도 철없고 부끄러운 추억이지만, 혼자서 간직하고 있기엔 너무 예쁘고 소중해서 가끔씩 감추어둔 보석을 보듯 혼자 몰래 꺼내보는 추억이다.

누군가를 진실로 사랑해본 사람은 알리라. 사랑이 얼마나 우리를 아프게 하는지를. 또한 그 아픔이 얼마나 우리를 달콤하게 하는지를. 아카시아가 피던 초여름날의 그 사연을 사랑이라고 표현해도 될까? 사랑? 어쩐지 너무 엄청난 것만 같고 좀 징그러운 생각도 드는 표현이다. 세상 사람들이 너무 흔하게 쓰는 단어, 유행가 속에서 닳고 닳아버린 이 사랑이라는 말을 그때 그 감정 위에 갖다놓기에는 뭔가 조금 아쉬운 느낌이 든다.

그러나 아무튼 나는 '그때 그 사람'을 사랑했었다. 그는 이미 대학생이었다. 아직 작은 소녀였던 나는 그를 아저씨라 불렀다. 아저씨의 별명은 곰이었다. 깜장 작업복의 팔을 걷어 입고 큰 책을 옆에 끼고 다니던 대학생 아저씨. 그 아저씨에겐 같은 대학에 다니는 발랄한 여대생 친구가 있어서 늘 같이 붙어 다녔다. 그 여대생보다도 아저씨가 더 많이 그녀를 좋아하는 것 같았다. 그것이 안타깝게 내 눈에까지 보이곤 했다. 그 여대생은 바람둥이였는지도 몰랐다. 아저씨 말고 다른 남학생이랑 팔을 끼고 가는 것을 본 적도 있었으니까.

어느 날 아저씨는 창가에 앉아 연거푸 담배를 피우고 있었다. 내 눈에 아저씨는 외로워 보였고, 진지해 보였고, 로댕의 생각하는 사람처럼 완벽해 보였다. 산길에는 아카시아가 만발했다. 나는 아저씨를 도와주고 싶었다. 아저씨의 외로움에 동참하고 싶었고, 나도 그 여대생 못지않게 발랄하고 예쁘며, 장차 멋진 여대생이 될 수 있는 소녀라는 것을 보여주고 싶었다. 그리고 나의 대학생 아저씨에게 선물을 주고 싶었다. 무엇으로 할까?

나는 나를 귀여워해주던 아저씨의 모습과 책을 든 가느다란 손목을 생각하며 밤새도록 고민을 했다. 그러나 그 어떤 것도 생각이 나지 않았다. 나를 소중하게 아껴주고, 귀여워해주는 아저씨에 대한 나의 간절한 마음을 표현하기엔 그 어떤 선물도 미흡하기만 했다. 더구나 나는 가난했다. 그러던 어느 깊은 밤에 혼자서 일기를 쓰다 말고 드르륵 창문을 열었다. 좋은 생각이 떠오른 것이었다. 어제 학교 앞 문방구 옆 장난감 가게에 서 있던 곰 인형이 생각났다.

'아저씨는 곰이니까…….'

곰처럼 소박하고 곰처럼 의젓한 아저씨니까 곰을 내 손으로 만들어 드리자. 그렇게 한다면 부잣집 딸인 그 여대생이 사주는 그 어떤 호사한 선물보다도 더 값진 선물이 되리라. 나는 발뒤꿈치를 들고 건넌방으로 갔다. 반짇고리와 새 헝겊들을 꺼내기 위해서였다. 그리고 조심조심 곰 인형을 만들기 시작했다. 식구들이 알세라 몰래몰래 만들었다. 창 밖에서 오월의 향훈香薰처럼 아름다운 아카시아 꽃내음이 물씬 밀려 들어왔다.

나는 행복했다. 이 세상 어느 소녀보다도, 아니 어느 여자보다도 아름다운 여자가 된 것 같았다. 그 다음날은 더욱더 아카시아 꽃내음이 짙게 감돌았다. 목련꽃도 만개했다. 나는 예쁜 포장지에 그것을 고이 쌌다. 마침 그날은 토요일이어서 쉽게 아저씨를 만날 수 있었다. 아저씨는 아카시아 울타리기 무성한 창가에 앉아 담배를 피우고 있었다.

"보잘것없는 거예요."

나는 기어들어 가는 목소리로 겨우 말하고는 아저씨의 창가를 떠나 집으로 뛰어오고 말았다.

'보잘것없는 것이 결코 아니었는데……. 나는 온갖 정성을 다해 만든 것인데…….'

제발 아저씨가 기뻐해주실 것을 기도했다. 그러나 며칠 후 동네 앞 화단에서 아저씨의 꼬마 조카가 그 곰 인형을 들고 서 있는 모습을 발견했다. 소꿉장난을 하면서 주사를 많이 놓았는지 나의 곰은 아주 이지러져 있었다. 나는 그만 주저앉아 울고만 싶었다. 꼬마에게서 곰을 빼앗아 가만히 코에 대보았다.

"아아!"

순간, 나는 감탄하지 않을 수 없었다. 곰 인형의 코에서 대학생 아저씨의 내음이 풍겨 나오는 것이 아닌가. 그것은 담배 내음 같았는데 나에게는 아카시아 꽃내음처럼 느껴졌다. 나는 꼬마의 손에 나의 불쌍한 곰을 돌려주고 뒷산을 오래오래 혼자 걸었다. 초여름 길은 혼자 걸어도 외롭지 않아서 좋았다.

'아저씨가 분명 나의 곰을 코에 대고 뺨을 비벼주었겠지.'

내 소녀시절의 어느 초여름날은 이렇게 흘러갔다. 그때는 결코 기뻐할 수가 없는 눈물겹고 부끄러운 얘기였으나, 지금은 그렇게 가슴을 조이면서 순수한 열망으로 태웠던 지난날들이 얼마나 자랑스러운지 모르겠다. 지순하게 누군가를 사랑했다는 사실. 그것은 누구에게 진실로 위대한 사랑을 받았다는 사실보다도 열 배나 더 자랑스럽고 행복한 일이다.

이제는 그 누구를 위해 밤새워 곰 인형을 만들 수 있으랴. 바늘에 손끝을 찔려가면서 서툰 바느질로 그 지고至高한 시간을 보낼 수 있으랴. 그 사랑이 그때의 나를 아름답게 만들었고, 나에게 일기를 쓰게 해주었으며, 또한 나를 이렇게 여인으로 성숙시켜주지 않았던가. 아카시아가 피는 밤에는 언제나 사랑을 앓았으면 좋겠다. 이 세상에 사계四季가 있고 그 사계 속에 초여름이 있다는 것은 그 누군가를 사랑하라는 신호가 아닐까.

누군가를 진실로

사랑해본 사람은 알리라.

사랑이 우리를

얼마나 아프게 하는지를.

또한 그 아픔이 얼마나

우리를 달콤하게 하는지를.

풍선 노래

나를 가지고 놀아줘

허공에 붕붕 떠워줘

좀 더 좀 더 입으로 불어줘

뜨거운 바람 넣어줘

부드럽고 탱탱한 살결

주물러 터뜨려줘

아니, 살살 만져줘

그만 터져버릴 것만 같아

내 전신은 미끄러운 빙판

삶 전체가 위험에 노출되어 있어

날카로운 시간의 활촉이 나를 노리고 있어

열쇠는 필요 없어

바람의 순간을 즐겨줘

아니, 신나게 죽여줘

연애는 끝나도

질투는
남아 있다

정도의 차이는 있을지라도 질투에는 휴일이 없다. 아무리 인생에 달통한 사람이라 해도 인간은 죽는 날까지 크고 작은 질투의 감정에서 헤어날 길이 없는 것이다. 어쩌면 질투는 우리가 세상에 태어날 때부터 생겨난 본능적인 감정이 아닐까? 아마도 신은 우리에게 사랑의 감정과 똑같은 비례로 질투의 감정을 주셨는지도 모르겠다. 그것은 아름다운 자태와 향기 속에서 날카로운 바늘 끝을 밖으로 세우고 있는 장미꽃의 가시처럼 우리에게 사랑의 감정 속에 내재된 이중의 뉘앙스를 다시금 확인시켜준다.

세 살 난 형이 갓난아기인 제 아우를 질투해서 어른들 몰래 꼬집거나 얼굴을 밉게 할퀴어놓은 것을 보면서 우리는 인간이 갖고 있는 질투의 원형에 몰래 공감하고 미소를 짓는다. 새로 태어난 아우에게 부모의 사랑과 주위의 관심이 한꺼번에 소나기처럼 쏟아지고 있을 즈음, 형으로서의 소외와 질투의 감정은 드디어 퇴행현상까지 가져오게 된다. 새삼스럽게 바지에다 오줌을 싸버림으로써 어른들의 관심을 자신 쪽으로 끌려고 한다든가, 기껏 이유식으로 바꾸어놓은 식사습관을 버리고 다시 젖이나 우유를 먹으려 하는 것도 모두 질투의 감정, 아니 사랑을 독점하고 싶은 감정에서 기인한 것이다.

요컨대 질투는 사랑을 듬뿍 받고 싶다는 강렬한 의지의 표현이고, 그것은 오직 따스한 사랑과 관심만이 그 치료책이라는 것을 우리는 잘 알고 있다. 그러고 보면 질투의 감정이란 시샘으로 뭉쳐진 못된 감정이기보다는, 그 근본은 사랑의 독점욕에서 출발한 것이 므로 연민이 느껴지는 외로운 감정이라고 하겠다.

영국 속담에 '질투하지 않는 여자는 튀지 않는 공과 같다'고 했다. 질투란 이렇듯 적당히 잘 조화를 이루면 매력의 포인트가 될 수 있다. 말하자면 발전의 원동력, 생의 활력소로까지 삼을 수가 있다는 말이다. 더구나 사랑하는 사람 사이의 질투는 사랑의 불을 미지근한 상태로부터 단숨에 타오르게 만들어버리는 촉매제 역할도 한다.

그러나 질투는 생각처럼 그리 조용한 감정은 아니다. 조용하기는 커녕 몹시 격렬한 감정이어서 자칫 타인에게는 독같이 무서운 상처를 입히거나 자기 자신에게는 불행의 불덩이를 가져다줄 수 있다. 신이 카인의 것을 물리치고 동생인 아벨의 희생을 먼저 받아들였을 때, 카인은 질투의 극치에서 살인까지 저지르게 되는 것을 보면 질투를 왜 성서에서 '악의 눈'이라고 표현하는지를 대번에 알게 된다. 질투는 이렇듯 무서운 것이다. 심지어 햇살이 쨍쨍 내리쬐는 오뉴월에도 찬 서리를 내리게 만든다고 하지 않는가.

그러나 우리가 질투의 감정을 싫어하든 좋아하든 단 한 번이라도 질투의 감정에 온몸을 뒤틀어보지 않은 사람이 있을까? 더구나 이성理性보다는 감정感情이 한없이 달아오르던 젊은 날, 우리는 본능 같은 질투에 빠져서 남몰래 몇 날 밤을 울며 지새운 기억도 있을 것이다. 그때 우리는 질투에 들떠서 이성을 잃고 괴로워하다가 그러는 자신의 모습이 또한 미워서 더욱더 슬퍼했던 기억도 있을 것이다. 질투는 그것만으로 끝나지 않는다.

연애가 끝나도 질투는 남아 있다. 그것은 비단 연애 문제만이 아니다. 질투에는 휴일도 없어서 끊임없이 우리를 자극하고 괴롭히는 것이다. 질투는 자기가 가진 것에는 전혀 의미를 두지 않고 타인이 갖고 있는 것에만 더 큰 의미를 부여해서 스스로를 끝없이 괴롭힌다. 자신이 가진 황금 단추는 이미 가졌으니 안 보이고, 이제 남이 가진 구리거울이 더 예뻐 보이니 어찌 괴롭지 않겠는가. 미모를 가졌으면 그것만으로 감사하고 살면 그만이건만, 남이 애써 갖추고 있는 지성이 부러워 질투를 느끼고, 부를 소유한 사람에겐 웬일인지 자기가 소유한 부보다는 좀 더 화려하고 그럴듯한 명예나, 또는 이미 지나가버린 젊음에 질투를 느껴 갖은 수를 다 쓰는 것이다.

누구나 동창회에 다녀와서 괜스레 침통해졌던 기억이 있을 것이다. 왜 그럴까? 오랜만에 옛 친구들을 만나 맛있게 먹고 즐겁고 악의 없는 시간을 기껏 갖고 나서, 집으로 돌아와 홀로 불편해 하는 것은 무슨 이유일까? 그것은 '비교의 자' 때문이다.

이 비교의 자는 자신이 갖고 있는 것보다 남의 것만을 열심히 계산하기 마련이다. 인생은 잔디밭과 같아서 멀리 바라보아야 푸르다는 것을 잘 알면서도, 속속들이 보이는 나의 인생에 비해서 멀리 보이는 남의 인생이 훨씬 더 푸르게 보이니 어찌 속이 타지 않겠는가.

씻을 수 없는 원죄처럼 가슴 속에 도사리고 있는 질투의 감정을 극복하는 방법은 단 한 가지뿐이다. 도덕 선생님 같은 결론이어서 재미는 없지만 질투에 관한 치료요법이 그 길밖에 없으니 어쩔 수 없다. 그것은 자기가 갖고 있는 장점과 능력을 최대한 키워서 당당해지는 길이다. 아니면 최소한 그런 노력을 위해서 땀을 흘리느라 미처 남을 질투할 시간을 갖지 못하는 것이다.

열심히 사는 모습, 자기 일에 온몸을 태우는 모습이야말로 모든 사람들이 질투를 느낄 수 있는 모습이 아닐까?

연애가 끝나도 질투는 남아 있다.

그것은 비단 연애 문제만이 아니다.

질투에는 휴일도 없어서 끊임없이

우리를 자극하고 괴롭히는 것이다.

별 키우기

나만의
별 하나를 키우고 싶다

밤마다 홀로 기대고
울 수 있는 별

내 가슴속
가장 깊은 벼랑에 매달아 두고 싶다
사시사철 눈부시게 파득이게 하고 싶다

울지 마라. 바람 부는 날도

별이 떠 있으면
슬픔도 향기롭다

감성의
스카프를

휘날리고

언제부터인가 가슴 속에 이름을 알 수 없는 별 하나가 살고 있었다. 그 별은 왕자였고 때론 소년이었다. 밤늦게 집에 돌아와 빈 방문을 열 때마다 밀려오는 외로움 같은 것이 싫어서 영원히 무거운 침묵으로 입 다물고 있는 아글리파 상을 사다놓은 적이 있었다. 내 가슴 속의 별은 아글리파와 열렬히 포옹했고, 그때마다 나는 방문을 잠그고 아무도 몰래 혼자 와인을 마시며 건배를 하기도 했다.

나는 그때 가슴이 더 많이 자랐고, 다리도 더 날씬해졌다. 풋내기 소녀가 아니라 처녀가 되어가고 있었던 것이다. 그러나 외로움은 그대로 남아 있었다. 권태로울 때는 아글리파의 얼굴 위에 스카프를 씌어놓고 나의 사랑, 나의 별을 괴롭히기도 했다. 그리고 벽에는 샤갈의 아름다운 색감 대신에 귀가 찢어진 반 고흐의 〈자화상〉을 걸어두고 그 고통에 젖어들기도 했다.

어른들이 "참 순진한 애"라고 칭찬을 해주면 속으로 얼마나 끔찍스러워했던가. 순진이란 때 묻지 않은 순수를 말할 때도 있지만 세상에 덜 익숙한 바보라는 의미도 있어서 순진이니 뭐니 하는 단어에 그만 싫증이 난 것이었다. 그보다는 건방지다든가, 문제아라든가 하는 말을 들을 때면 은근히 긍지와 자부를 느끼기도 했다. 무슨 얘기든지 액면 그대로 수긍해버리는 소녀보다는 속으로 비틀어보고 조소하기 좋아했던 소녀였다.

이런 때를 섣불리 반항기라고 부르기는 싫다. 철없이 비뚤어진 반항이라 부르기에는 그 나름대로 정직했고 야무졌으니까. 그러나 어른들은 이런 때를 근심한다. 속도 모르고 젊은 반항을 두려워하고 철없음을 질책한다. 사실은 너무도 건강하고 상식적인 아이를 두고 말이다.

나는 문제아를 좋아한다. 반항을 제대로 알고 반항하는 아이도 좋아한다. 세상에 똑같은 두 개의 모래알은 없다고 하면서, 하물며 모래보다는 좀 더 낫다고 하는 우리 인간이 어찌하여 천편일률적인 똑같은 얼굴로 자라나야 한단 말인가? 개성적인 인물이란 도대체 무엇인가?

그렇다고 못난 짓만 골라서 하는 문제아를 말하는 것은 아니다. 그것은 문제아가 아니라 바보이다. 못난 짓만 골라서 하는 것도 바보이고, 어른들이 시킨 대로만 하는 아이도 바보이다. 이 두 바보를 제외한 문제아를 나는 좋아한다. 아닌 것을 아니라고 똑바로 말할 수 있는 용기 있는 문제아를 나는 진실로 사랑한다.

인간은 감성과 이성이라는 두 가지 성질을 동시에 가지고 있다. 어떤 일에 부딪쳤을 때, 이성적 판단으로 처리하면 별탈이 없으나, 감성이 조금이라도 앞서면 그 일은 지탄을 받기 쉽다. 그렇다고 이성이 감성보다 더 중요하다고는 볼 수 없다. 감성이야말로 신이 아닌 우리가 인간일 수 있는 가장 아름다운 것 중 하나이니까. 만약 이 세상이 이성만으로 똘똘 뭉친 사람들로 가득하다면, 그것은 마치 돌만이 끝없이 펼쳐진 벌판처럼 삭막할 것이다. 그렇다고 이성의 정확하고 예리한 자제 없이 감성만이 들끓는 세상도 상상할 수 없다. 이성과 감성의 아름다운 조화! 이렇게 될 때 우리의 세상은, 우리의 삶은 완벽히 아름다워지는 것이다.

감성은 중요한 것이다. 인간적인 것, 아름다운 것이 바로 감성적인 것이다. 사춘기는 냉철한 이성보다 뜨거운 감성이 확연히 앞서는 시기다. 이러한 사춘기의 뜨거운 감성과 풋풋한 이성을 이미 세상과 타협해버린 어른들의 눈으로 판단한다는 것부터가 큰 잘못이다. 사랑하기 때문에 곁가지를 가위질해준다는 것은 백번이고 잘 알지만, 사춘기의 하찮은 감성 한 오라기, 때론 불손하기 그지없는 반항의 감성 한 오라기도 다치지 않게 소중히 여겨주었으면 좋겠다.

결혼 기차

어떤 여행도 종점이 있지만
이 여행에는 종점이 없다
죽음이 두 사람을 갈라놓기 전에
한 사람이 기차에 내려야 할 때는
묶인 발목 중에 한쪽을 자르고 내려야 한다

오, 결혼은 중요해
그러나 인생은 더 중요해
결혼이 인생을 흔든다면
나는 결혼을 버리겠어

묶인 다리 한쪽을 자르고
단호하게 뛰어내린 사람도
이내 한쪽 다리로 서서
기차에 두고 온 발목 하나가
서늘히 제 몸을 부르는 소리를 듣는다
그래서 서둘러 다음 기차를 또 타기도 한다

때때로 차창 밖을 내다보며
그만 이번 역에서 내릴까 말까
아이들의 손목을 잡고
선반에 올려놓은 무거운 짐을 쳐다보다가
어느덧 노을 속을
무슨 장엄한 터널을 통과하는

동짐이 없어 가상 편안한 이 기차에
승객은 좀처럼 줄어들지 않는다

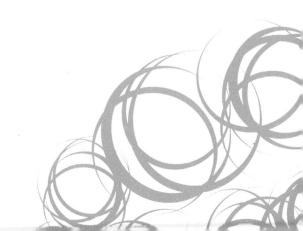

최고를 만나면

최고로
행복할까

결혼을 앞둔 처녀들 사이에서 소위 어떤 직종에 종사하는 신랑감이 인기가 있다는 말을 들을 때마다 나는 묘하게도 흙탕물 속에 담겨진 백조의 빨간 발목이 보여서 괜히 혼자 심각해지곤 한다. 멀리 바라다 보이는 백조만 동경할 뿐, 그 흙탕물 속에 담겨진 발의 노력을 이해하려 들지 않는다는 것은 안타까운 일이기 때문이다.

인간 사회에 세습되는 제도 가운데 미흡하지만 가장 아름다운 제도가 바로 결혼이라고 한다. 그것은 결혼의 본질 속에 보통의 계산법으로 잴 수 없는 '사랑과 창조'가 내재되어 있기 때문이다. 그런데 최근에는 이 결혼이야말로 일대 투기대상(?)이 되어 어쩐지 초반부터 시큼한 불행의 냄새를 풍기는 모습을 자주 목격하게 된다. 가령 신랑감을 고를 때 그 사람이 자라온 문화적 배경이나 개성보다는 그 사람의 직업이 고소득 직종이면 무조건 좋은 신랑감으로 선호된다니 그 무모한 이기주의에 아찔해지지 않을 수가 없다.

신랑의 직업에 대한 본질적 이해가 먼저 중요한 것은 말할 것도 없고, 그것이 여성 자신의 개성과 어떻게 조화를 이룰 수 있는가를 깊이 생각해보는 자세가 무엇보다 중요하지 않을까. 그런데 이 점은 고려하지도 않고, 우선 상대방의 고소득 직종에 매달려서 보장된 신분의 자격증 소지자면 무조건 거기에 편승하려는 것은 참으로 얌체 도둑괭이 심보가 아니고 무엇이란 말인가? 그렇게 겉으로 얻은 안정과 행복이 과연 한 생애 동안 그 허점을 용케 드러내지 않고 유지할 수 있을까? 상상만 해도 두려워진다.

나는 한 시인의 아내를 알고 있다. 그녀는 자신이 문학소녀 시절에 시를 동경하여 시인을 사랑했고, 그 낭만적인 감정으로 시인과 결혼했다. 그러나 시詩란 그렇게 아름다운 순간에 탄생되는 것이 아니다. 더구나 시인이란 베레모를 쓰고 멋지게 사색에 잠겨 있는 그런 정서적 공간에서만 사는 존재가 아님을 그녀는 결혼 이듬해에 알게 되었다. 무엇보다도 시는 고난의 산물이었고, 시인은 기름진 일상과 풍요한 안락의자와는 서로 상극인 고통과 깊이 손잡고 있는 그런 존재였던 것이다.

그녀는 눈물을 흘리며 괴로워하고 외로워했다. 그러다가 시인을 닮은 눈 큰 아이를 낳았고, 드디어 시인의 고난과 외로움을 깊이 사랑하는 경지까지 오게 되었다. 하지만 그러기까지 그녀는 이 세상에서 가장 불행한 여인이었다. 요즘에 와서야 그녀는 이 세상 그 어느 여인보다도 아름다운 시인의 아내가 되었지만, 그녀가 겪고 극복해낸 과정을 생각하면 곡예사의 외줄타기처럼 위태하고 외로운 그 무엇이었음에 틀림없다.

그런데 하물며 처음부터 그럴싸한 계산으로 안정된 직업과 보장된 신분의 외형만을 보고 결혼한 경우에는, 드러나는 문제도 심각하려니와 그 극복 또한 몇 배로 어렵다고 해야 할 것이다.

결혼은 한마디로 창조다. 더구나 결혼에 임하는 두 당사자는 미래가 무한히 펼쳐져 있는 젊음을 가진 사람들이다. 행여 불행의 그림자라도 스며들지 않을까 요모조모 따져보는 그런 겁쟁이 거래자들은 이미 젊은이가 아니라고 본다. 그들은 가슴속에 속물근성을 가득 채운 한 추한 늙은이를 품은, 그저 육체만 젊은 사람들이라고 보아야 할 것이다.

흔히 말하는 박사니 의사니 변호사니 하는 번쩍거리는 남자와 결혼하는 것도 좋겠고, 아예 재산을 무더기로 물려받은 부잣집 아들을 만나는 것도 좋겠지만, 문제는 그런 것을 소유하고 있는 상대방의 존재 구조 속에서 자신이 얼마나 적당한 짝이 될 수 있는가를 깊이 생각해보자는 것이다. 직업이란 양면성이 있게 마련이다. 혹시 그것이 화려한 면을 갖고 있다면 그와 똑같은 비례로 고통을 책임져야 하는 경우도 많다.

에리히 프롬은 바람직한 삶을 이미 소유having가 아닌 존재being로 표현했다. 그는 결혼에 관해서도 섬뜩한 경고의 메시지를 보냈는데, 그에 따르면 진심에서 서로 사랑하는 부부는 매우 드물며, 다만 사회적 편의나 관습, 경제의 이해, 자식에 대한 공동의 관심, 상호의존 등을 '사랑'으로 의식하고 경험할 뿐이라는 것이다. 결국 사랑을 기초로 시작된 결혼도 두 이기주의가 하나로 뭉쳐진 조합, 즉 가정이라는 조합으로 변질되고 만다는 것이다.

그런데도 하물며 처음부터 계산된 두 이기주의 조합(?)으로 시작된 가정은 어떻게 될까? 서로 사랑으로 가정이라는 공동의 삶을 창조해나가야 할 시간에 상대방의 돈과 사회적 지위 등에 쉽게 편승하려고 한다는 것은 무서운 일이다.

분명히 말하거니와 상대방의 좋은 직업은 나의 행복을 보장해주는 안정대피소가 아니다. 더구나 인생이라는 긴 터널은 직업 따위에 따라 그 통과를 순탄하게 해주거나, 또는 어렵게 해주는 신축성을 갖고 있지도 않다. 그래서 결혼식 날이면 그 장엄하고도 아름다운 웨딩마치를 들으며 누구는 전투에 나가는 병사의 행진곡을 연상하고, 또 누구는 잠시 울먹이기도 하는 것이다.

결혼이라는 먼 항해를 위한 나침반은 아직 그 누구도 발견하지 못했다. 지금까지 발견한 그나마 가장 최선의 나침반은 사랑이라고 우리는 알고 있다. 그런데 사랑은 너무 모호하고 때로는 지나치게 추상적이어서 뭐든지 실질적인 것, 손으로 만져 볼 수 있는 것만을 믿고 따르는 여성들에게는 다소 불안하고 슬픈 가변의 꽃으로 보일지 모른다.

그렇다면 사랑은 깊이 이해하는 것이라고 생각하면 어떨까? 누구나 쉽게 이해할 수 있는 것을 이해하는 것은 진정한 이해가 아니다. 도저히 이해할 수 없는 것을 이해해줄 때, 그것이 참된 이

해다. 결혼이란 두 사람의 서로 다른 개성이 만나는 것이고, 어차피 운명처럼 그 모험성을 배제할 수가 없다. 상대방의 직업이 무엇이며 그것이 고소득 직종이냐 혹은 안정된 것이냐를 따질 것이 아니라, 먼저 결혼의 본질에 대해 깊이 이해하는 것이 중요함은 더 이상 말할 것도 없다.

따라서 어떤 직업을 가진 상대에 편승하여 종속된 존재가 될 생각에 앞서, 서로 다른 두 개성으로서 나란히 설 수 있도록 나 자신을 먼저 세우는 일이 보다 중요할 것이다. 그것이 바로 '사랑과 창조'라는 결혼의 본질을 지키는 일이기 때문이다.

다시, 남자를 위하여

요새는 왜 사나이를 만나기가 힘들지
싱싱하게 몸부림치는
가물치처럼 온몸을 던져오는
거대한 파도를

몰래 숨어 해치우는
누우렇고 나약한 잡것들뿐
눈에 띌까, 어슬렁거리는 초라한 잡종들뿐
눈부신 야생마는 만나기가 어렵지

여권 운동가들이 저지른 일 중에
가장 큰 실수는
바로 세상에서
멋진 잡놈들을 추방해 버린 것은 아닐까
핑계 대기 쉬운 말로 산업사회 탓인가
그들의 빛나는 이빨을 뽑아내고
그들의 거친 머리칼을 솎아내고
그들의 발에 제지의 쇠고리를
채워버린 것은 누구일까

그건 너무 슬픈 일이야

여자들은 누구나 마음속 깊이

야성의 사나이를 만나고 싶어 하는 걸

갈증처럼 바람둥이에게 휘말려

한평생을 던져버리고 싶은걸

안토니우스 시저 그리고

안록산에게 무너진 현종을 봐

그뿐인가, 나폴레옹 너는 뭐며 심지어

돈주앙, 변학도, 그 끝없는 식욕을

여자들이 얼마나 사랑한다는 걸 알고 있어?

그런데 어찌 된 일이야. 오새는

비겁하게 치마 속으로 손을 들이미는

때 묻고 약아빠진 졸개들은 많은데

불꽃을 찾아 온 사막을 헤매이며

검은 눈썹을 태우는

진짜 멋지고 당당한 잡놈은

멸종위기네

최고란

가장
섹시한 것이다

새삼, 내가 얼마나 쓸쓸한 시간을 살아왔는가를 발견했다. 아무리 머리를 쥐어짜 봐도 한마디로 매력 있는 남성은 바로 "이 사람이다"라고 할 만한 구체적인 인물이 떠오르지 않는 것이다. 어떤 분에게는 지적인 매력이 충만했고, 또 어떤 분은 따뜻한 인품이 돋보였던 기억은 있지만, 그 모두가 어우러져서 참으로 잊지 못할 매력을 자아내고 있지는 않았다.

하긴 남자도 다만 인간임에 틀림없으니 완벽한 인간이 쉽게 있을 수 있으랴. 어딘가 조금 부족하고 때때로 유치하기까지 한 것이 바로 인간적 체취요, 매력이라 할 것이다. 몇몇 보고서의 지적처럼 나 역시 남성은 강하고 적극적이며 자신감이 넘쳐야 한다는 고정관념으로 보았는지 모르겠다. 고정관념은 때로 폭력보다 더 완강하고 무서울 때가 있다. 여성은 부드럽고 수동적이어야 한다는 잘못된 고정관념 때문에 얼마나 많은 여성들이 피해를 입었던가.

그런데 한 가지 확실한 점은 나는 언제나 나와 동성同性인 여성보다 남성에게 더 많은 호기심을 느낀다는 사실이다. 나의 남성관을 앞서의 지적처럼 고정관념적인 남성관에서 좀 풀어주고 나니, 매력적인 남성들도 제법 떠오른다. 그러고 보니 살아오는 동안 매력적인 남성들을 많이 만난 것도 같다.

무엇보다 한 가지라도 뛰어난 점이 있는 남성을 나는 좋아했다.

글을 잘 쓰거나 노래를 남보다 뛰어나게 잘 부르거나, 혹은 탁월하게 공부를 잘해서 엘리트 코스를 나오거나, 하다못해 기운이라도 센 남자라도 좋아했다. 아니, 솔직하게 말하자면 잘생긴 남자를 좋아했고, 돈을 많이 가진 남자도 좋아했다. 이 중에서 어느 하나를 이미 이룬 남자도 좋아했고, 그 중 한 가지를 이루기 위해 열심히 노력하는 모습도 더없이 사랑했다.

며칠 전에 본 영화에 이런 장면이 나왔다. 서슬 퍼런 독재체제 하에서 한 남자가 최고의 배우가 되기 위해 온갖 노력을 다했다. 그 배우의 수업은 어찌나 혹독했는지 정말 신기神技에 가까울 만큼 완벽해갔다. 장군은 그 배우를 소위 국가배우로 발탁해서 자신의 정책을 선전하는 극에 출연시키려고 마음속으로 주목하고 있었다. 사실 그것은 당시 현실로 보아 그 배우 개인에게는 눈부신 성공이요, 출세의 길이기도 했다.

그러나 내가 그 영화에서 주목했던 것은 그런 정치적 복선의 주제가 아니라 무심히 스쳐가는 장군과 배우의 대사였다. 장군은 비록 독재자였지만 한 사람의 사나이로선 더없는 권위와 힘을 장악한 매력 있는 남성이었다.

전신을 땀에 적셔가며 온몸으로 연습하는 배우의 연습장에 하루는 뜻밖에 장군이 나타났다. 어깨에 달린 금배지, 반듯한 군복 그리고 무릎까지 올라온 군화는 그 모습만으로도 위엄과 권위에 가득 차 있었다. 땀에 젖어 머리칼이 마구 흐트러진 배우 앞에 장군은 손을 내밀며 이렇게 칭찬했다.

"연습을 많이 했군!"

"생애를 걸었습니다."

잠시 후 장군은 회심의 미소를 지으며 들릴 듯 말 듯 혼잣말로 이런 말을 내뱉었다.

"생애를 걸었다고? 그래, 그것이 대가의 비결이지……."

장군은 옷자락에 바람을 일으키며 이내 연습장을 나갔다. 물론 그 배우는 단연코 그 나라 최고의 배우로 지명되었음은 물론이다. 그 장면을 보는 순간, 영화 자체의 스토리와는 달리 괜히 전신에 전율이 일었다. 목숨의 비의를 깨달은 사나이와 사나이의 대화를 그 순간에 포착할 수 있었기 때문이다.

"생애를 걸었다고? 그래, 그것이 대가의 비결이지……."

장군의 대가라는 말을 사나이라는 말로 바꾸어 속으로 나직하게 읊조려 보았다.

'사나이의 비결……'

그랬었다. 진실로 사나이다운 두 남자를 한 영화 장면에서 본 것이었다. 물론 그 영화에서 장군은 독재자로 묘사되었기 때문에 악과 교묘히 배합된 매력을 내뿜고 있었지만, 아무튼 생애를 걸고 한 시대의 권력을 거머쥔 사나이와 예술을 위해 혼신을 다해 생명을 불태우는 또 한 명의 사나이가 거기 있었던 것이다. (불장난하듯 불법으로 권력을 장악한 권력 집단의 총수를 매력 있다고 한 것이 결코 아니다. 신화 속의 왕자처럼 자기의 이상에 가까워지려고 노력하는, 한 유형으로서의 인간의 향기를 말하는 것이다.)

요컨대 나는 자기 일에 철저한 남자이거나 철저하려고 노력하는 남자를 가장 매력 있는 남자로 꼽는다. 바꿔 말하면 열등감이 많고 게으른 남자를 가장 싫어한다고나 할까. 더구나 열등감이 많은 남자일수록 완강하고 거친 모습으로 표현되기 쉬운 것도 주목할 만하다.

주위 사람들이나 여성을 우습게 여기고, 말을 함부로 하며 심지어 폭력까지 휘두르는 남자도 많다. 자신의 무력과 실패를 다른 사람 탓으로 돌리는 것도 열등감이 많은 남자들의 공통적인 모습이다. 그런 남자들은 모든 세상의 가치를 자기의 이익에 두기 때문에, 어제까지만 해도 죽일 듯이 헐뜯던 사람도 자기의 이익에 도움이 된다 싶으면 하루아침에 평생 동지나 되는 것처럼 작당해버리기도 한다. 일일이 열거하기도 좀 부끄러운 이런 유형의 남성들이 의외로 많다는 것은 알다가도 모를 일이다. 이것이 바로 나약한 인간의 모습이며 세상의 한 단면도인 것이다.

앞서 예로 들었던 장군과 배우의 이야기가 너무 극단적인 것 같지만, 한편 우리 주위에도 이러한 매력을 지닌 남성들이 참 많다는 것은 즐거운 일이다. 어린 시절 나의 아버지는 앞서의 장군 같은 유형의 남자였다. 그분은 토지를 많이 가진 토호土豪의 아들로서, 자기 자신에게는 물론 모든 이들에게 더없이 엄격했다. 그래서 모두들 아버지를 어려워했다. 그러나 아버지는 괜히 엄격하고 괜히 호령하기를 좋아했던 것은 아니었다. 잘못된 일에 대해 엄격했으며, 쓸데없는 잔정에 흔들리지 않았던 것이다. 그래서 사람들은 아버지를 마음속으로 몹시 사랑했었다. 대범함과 섬세함을 동시에 지닌 분이었다고나 할까. 말년에 아버지는 술 때문에 돌아가셨지만 그 철저한 엄격성은 지금도 우리 가족들이 오래 추억하는 아버지의 매력으로 꼽고 있다.

아버지에 비하면 오빠의 매력은 아버지를 닮은 것 같으면서도 또 다르다. 오빠는 소위 자타가 공인하는 우수한 두뇌를 지닌 수재였으며 동시에 감성도 풍부한 남자였다. 이렇게 말하면 그가 퍽이나 완벽한 매력의 소유자처럼 느껴지지만, 기실 철저한 이기주의자임을 나는 또한 잘 알고 있다.

이상적이고 완벽한 남자를 찾는 일은 쉽지 않지만 이렇듯 자기만의 매력을 지닌 남성은 주위에 얼마든지 많다. 그동안 수십 년의 직장생활과 사회생활을 하면서 만난 수많은 남성들을 보면서 나는 결국 남성의 가장 큰 매력은 '열심히 일하는 모습'에 있다고 결론 내렸다.

마리 로랑상의 시에 보면 세상에서 가장 불쌍한 여인은 슬픈 여인도, 병을 앓은 여인도, 쫓겨난 여인도 아니라는 구절이 나온다. 세상에서 가장 불쌍한 여인은 바로 '잊힌 여인'이라는 것. 그런 식으로 표현하자면 나의 경우 세상에서 가장 멋진 남성은 노래 잘하는 남자도, 힘센 남자도, 돈 많은 남자도 아닌 바로 '열심히 일하는 남자'라고 표현할 수 있다.

성서에 아담과 이브가 금단의 선악과를 따먹고, 그 죄로 남자는 일생 동안 처자를 벌어 먹이는 일을, 여성은 아이를 출산하는 고통을 받았다고 했는데 바로 그것이야말로 신이 주신 벌이 아니라 축복이 아니었나 하는 생각마저 든다.

남자로서 세상에 태어나 자기가 가장 사랑하는 아내와 자식을 위해 일한다는 것 이상의 기쁨이 어디 있겠는가. 또 여자로 태어나 사랑하는 이의 아이를 잉태하여 그 아이의 어머니가 되는 것만큼 신성한 일이 또 어디 있겠는가. 그러므로 열심히 일하는 남자의 모습은 바로 신의 축복을 수행하고 있는 모습이라 하겠다.

밀레의 〈만종〉에 고개 숙인 부부의 모습은 더없이 평화롭고 행복해 보인다. 그것은 열심히 일하고 난 후의 땀방울이 그림의 배면에 스며 있기 때문이다.

자신이 천직으로 택한 일에 최선을 다하고 최대의 자부심을 느끼는 모습은 모두 눈부신 것이다. 이런 의미에서 오늘도 나는 많은 멋있는 남성들과 만나고 있다. 피부병의 근원을 밝히기 위해 밤새워 실험실의 불을 끄지 않는 남자, 무거운 서류가방을 들고 낯선 나라에서 밤새워 상담相談을 하고 있는 남자도 있다. 그뿐만이 아니다. 내일 가르칠 공부를 위해 자료를 정리하는 남자, 또 조직의 부조리에도 지치지 않고 혁신을 외치는 남자 등 나는 이들을 진정 사나이라고 부르고 싶다.

서두에서 매력 있는 남성이 선뜻 떠오르지 않아, 그동안 내가 얼마나 쓸쓸한 시간을 살았나를 새삼 발견했다며 엄살을 떨었는데, 기실 그 말은 매력 있는 남성 가운데서 살았기 때문에 너무 완벽한 한 사람을 떠올리려는 욕심에서 나온 것 같다. 아무튼 나는 '열심히 일하는 남성'의 모습을 더없이 사랑한나.

오빠

이제부터 세상의 남자들을
모두 오빠라 부르기로 했다

집안에서 용돈을 제일 많이 쓰고
유산도 고스란히 제 몫으로 차지한
우리 집의 아들들만 오빠가 아니다

오빠!
이 자지러질 듯 상큼하고 든든한 이름을
이제 모든 남자들을 향해
다정히 불러주기로 했다

오빠라는 말로 한 방 먹이면
어느 남자인들 가벼이 무너지지 않으리
꽃이 되지 않으리

모처럼 물안개 걷혀
길도 하늘도 보이기 시작한
불혹의 기념으로
세상의 남자들은
이제 모두 나의 오빠가 되었다

나를 어지럽히던 그 거칠던 숨소리
으쓱거리며 휘파람을 불어주던 그 헌신을
어찌 오빠라 불러주지 않을 수 있으랴

오빠로 불려지고 싶어 안달이던
그 마음을
어찌 나물 캐듯 캐내어 주지 않을 수 있으랴

오빠! 이렇게 불러주고 나면
세상엔 모든 짐승이 사라지고
헐떡임이 사라지고

오히려 두둑한 지갑을 송두리째 들고 와
비단 구두 사주고 싶어 가슴 설레는
오빠들이 사방에 있음을
나 이제 용케도 알아버렸다

그대는
이런 남자친구를

가졌는가

여자란 연애에는 뛰어난 재능을 보여주지만 우정에는 그렇지 못하다고 한다. 왜 그럴까? 이 말은 여성이 남성보다 우정의 깊이와 유대의 지속력이 덜 우월하다는 의미인데, 그것은 여성이 갖는 본질보다는 여성들의 한계적 직분에서 그 이유를 찾을 수 있겠다. 말하자면 지금껏 여성은 결혼을 하고 나면 남성의 내조자로서 가정을 지키고 종족을 보존하는 정도의 직분으로 살아야 했던 오래된 관습이 여자의 우정을 약화시켰다고 보아도 무방하다는 것이다.

그러나 현대의 여성은 교육적인 면에서나 정서적인 면에서 남성과 별반 다르지 않은 환경에서 살고 있다. 또 예전에 비해 사회진출의 기회도 비교적 남성과 등등하게 주어지고 있다. 따라서 친구를 사귐에 있어서도 굳이 성적性的 구분을 할 수도 없고 할 필요도 없게 되었다. 이제는 누구나 이성 친구를 갖는 것이 얼마든지 가능하게 되었고, 여성도 우정을 나눔에 있어 남성 못지않게 깊이 있고, 오래 지속시킬 수 있는 사회적 여건과 개인의 자질이 있다고 할 수 있다.

생각하면 유치원에서부터 대학까지 여성이 만나게 되는 학교 친구만 해도 반 이상이 남자들인데, 그가 오직 나의 성性과 다르다는 사실 하나만으로 우정을 맺지 말아야 한다면 얼마나 부당한 일인가. 아울러 여자는 같은 여자들끼리만 친구 관계를 맺어야 한다면 이것 또한 얼마나 협소한 대인관계인가.

인생에서 우정을 제거해버림은 이 세계에서 태양을 없애버리는 것과 같다. "불사不死의 신들이 인간에게 베푼 것 가운데 가장 아름답고 즐거운 것이 우정"이라던 시세로의 말을 상기해보자. 우리가 우정을 갖는 것은 태양을 갖는 것처럼 소중하며, 더구나 남자친구를 갖는 것은 여자친구에게서 느끼지 못하는, 좀 더 넓은 또 하나의 태양을 갖는 것이라고 하겠다.

오래전에 어느 젊은 모임에서 '이성간의 우정은 존재할 수 있는가'라는 주제를 놓고 토론을 벌인 적이 있다. 그때 나는 우정도 사랑의 일종이라는 전제하에 우정의 개념을 어느 정도의 선에 두느냐에 따라서 판단할 문제라고 생각했다. 이성 간의 우정은 상당히 힘들다고 봤던 것이다. 왜냐하면 남녀 간의 우정이란 보통 아는 사이 정도를 넘어서 우정이라 불릴 만한 단계가 되면 이미 우정이 아닌 연정戀情으로 기우어질 가능성이 높기 때문이다.

그런데 얼마간의 세월이 지난 후 지금, 나는 분명 연정이라는 선이 아니면서도 우정이라고 자신 있게 말할 수 있을 두서넛의 남자친구가 있다. 이미 그 사귐의 깊이가 불행하게도(?) 연정 따위가 되기에는 너무 편해서 조금은 섭섭하기까지 한 그런 우정들이다.

중·고등학교 시절부터 문학을 통해 친하게 된 그 남자친구들은 대학 시절까지 서로 조금씩 좋아하고, 서로 조금씩 견제하다가 차차 좋은 친구가 되어버린 관계다. 작품을 발표하기 전에 서로 나눠 읽고, 혹평을 서슴지 않던 친구들은 서로에게 진짜 이성 친구가 생겨서 데이트가 시작될 때는 적당히 비켜서서 바라봐주기도 했다. 그 바탕에는 언제나 애정과 신뢰가 깔려 있었고, 근본적으로는 깍듯함을 잃지 않았기에 우리들의 우정을 오랫동안 지속할 수 있었다.

연전에 나는 남편과 함께 남자친구의 초대를 받아 부산에 있는 그의 집을 방문한 적이 있었다. 너무도 반갑고 따뜻하게 맞아주는 바람에 조금 못 이긴 체하고 동행에 응했던 남편은 참 부럽다는 표현을 써서 우리의 우정을 축하해주었다. 남자친구의 아내는 자칫 우리의 우정을 오해나 질투할 뻔했노라고 고백하기도 했다. 그런데 남자친구의 아이들을 보며 나는 참으로 이상한 착각에 빠져들었다. 그것은 내가 그 애들의 고모나 이모가 아니면, 같은 얘기이지만 그 애들이 분명 나의 조카쯤으로 여겨지는 것이었다.

친구란 이렇게 육친과 같은 촌수를 매기어도 무방한 것인가. 아니면 촌수로 따질 수 없는 그 이상의 차원이 아닌가 모르겠다. 자주 만나지 못하지만 그때 그 시절의 남자친구들을 만나면 우리들은 예전처럼 소년이 되고 소녀가 되며, 또한 문학에 열광했던 대학생들이 되고 만다. 그들은 살아가는 얘기를 나누다가도 술 취한 체하면서 문득 그 옛날에 썼던 반말로 "정희야, 늙지 마라!" 하고 능청을 떨기도 한다. 내가 늙어가는 모습을 보는 것은 마치 자신의 모습을 내 얼굴에서 보는 것 같아 그러는 것이리라.

지금에 와서 보면 너무도 늠름하고 훌륭한 사회인인 그들이 왜 그 옛날에는 남자로 보이지 않았는지 모르겠다. 아니, 남자라기보다는 결혼 대상에서 왜 제외했는지 참으로 이상하다. 나의 배우자는 하늘나라에서 날아다니는 담요를 타고 온 왕자일 거라고 생각했기 때문만은 아닐 것이다. 그렇다면 아무래도 친구가 되는 것도 다분히 운명적인 것은 아닐까. 그들도 가끔씩 나를 왜 아내감에서 제외했는지 모르겠다며 나와 비슷한 생각을 이야기한다.

"왜 내가 진작 프러포즈를 안 했는지 모르겠다. 지금 보니까 과히 나쁘지 않았을 것 같은데……" 하고 능청을 떠는 것이다. 그럴 때마다 "약 올리지 마. 다 끝나고 나니까 잘 봐주는 체하는 거야"라든가, "놓친 열차는 아름다운 법이야"라며 농담으로 슬쩍 비켜나곤 한다. 어느 선배 언니는 실연을 당했다거나 사는 게 몹시 고달플 때마다 그녀의 남자친구를 찾아간다. 그때마다 남자친구는 같이 분개해주고 같이 아파하며 그녀의 편이 되어주곤 한다.

그런데 사실은 지금까지 깊이 숨겨둔 얘기가 있다. 그것은 기실 남자친구는 언제든지 남자로 돌변할 가능성이 있기 때문에 더욱 매력이 있다는 말이다. 언제나 실핏줄만 한 기회만 있으면 도둑처럼 침투해 들어올 가능성을 배제할 수 없음이 사실이다. 그것을 늘 가볍게 물리치고 그 기회를 서로 아끼면서 다져가는 관계가 바로 이성 간의 우정이다.

연애의 속성은 빨리 서로를 들여다보고 싶은 것에 있다고 하는데, 반면에 이성 간의 우정은 서로를 빨리 들여다봐선 성립할 수 없고, 같이 한 곳을 지긋이 바라보면서 걸어가야 하는 것을 전제해야 할 것이다. 같은 학문을 공부하거나, 혹은 그림이나 음악, 문학 등을 같이 좋아하고 아끼는 공감대 속에서 함께 성장하는 관계라야 우정이 가능하다는 것이다. 그러므로 남자친구는 누구나 가질 수 있는 게 아닐지도 모른다. 말하자면 자격이 필요하다고나 할까. 스스로 그 남자친구와 동등하게 키워나갈 만한 낭낭한 능력과 자존심이 있는 여자만이 남자친구를 가질 수 있다는 말이다. 그렇지 못하면 대부분의 여자들이 그렇듯이, 만나는 남자가 크게 두 부류로 연인이 되거나 아니면 타인이 되는 것밖에 없을 것이다. 당연히 이것은 바람직하지 못하다.

앞서 나에겐 좋은 남자친구가 있다고 했는데, 그렇다고 내가 자격이 있는 여자라는 말은 결코 아니며, 적어도 남자친구들과 나란히 성장하려고 애쓰고 있다는 정도로 믿어주면 좋을 것 같다. 우리의 우정이 완전히 성숙된 것도, 끝난 것도 아니기 때문이다. 한 그루의 나무에 물을 주듯이 우리는 죽는 날까지 그 우정의 나무에 물을 주고 키워나가야 하는 것이다. 우정은 오래된 비유대로 잘 익은 포도주처럼 오래 묵혀야 하는 것이며, 반짝이는 모조품으로 금방 쓰다가 버릴 것이 아니기 때문이다.

남편

아버지도 아니고 오빠도 아닌
아버지와 오빠 사이의 촌수쯤 되는 남자
내게 잠 못 이루는 연애가 생기면
제일 먼저 의논하고 물어보고 싶다가도
아차, 다 되어도 이것만은 안 되지 하고
돌아누워 버리는
세상에서 제일 가깝고 제일 먼 남자
이 무슨 원수인가 싶을 때도 있지만
지구를 다 돌아다녀도
내가 낳은 새끼들을 제일로 사랑하는 남자는
이 남자일 것 같아
다시금 오늘도 저녁을 짓는다
그러고 보니 밥을 나와 함께
가장 많이 먹는 남자
전쟁을 가장 많이 가르쳐준 남자

나에게

전쟁을
가르쳐준 남자

젊은 날, 부부싸움을 하고 나면 왜 그리 갈 곳이 없었는지 모르겠다. 평소에는 가고 싶은 곳이 너무 많고, 한번 훌쩍 떠날 수 있는 여건만 된다면 꼭 가봐야겠다고 점찍어둔 곳도 많은데 부부싸움을 하고 나서 폼 잡고 떠나버릴라치면 아무리 머리를 쥐어짜도 어느 한 곳 생각이 나지 않는다. 참 치사하고 기분 나쁜 노릇이 아닐 수 없다. 그래서 나는 언제부터인가 부부싸움을 할 때면 꼭 선수를 치는 버릇이 생겼다.

"나가세요. 당신하곤 아무래도 안 되겠어요."

이렇게 큰소리를 치는 것이다. 상대방은 너무나 어이가 없어서 그만 기가 꽉 막혀한다. 그러다가 자칫 잘못하면 되레 내가 당하는 꼴이 되기 십상이다.

"정 싫다면 내가 나가죠!"

자승자박. 결국 이렇게 되는 것이다. 그리고는 대충 노숙자 같은 차림으로 집을 나선다. 붙잡지도 않는다. 돌멩이를 차면 제 발부리만 아프다더니, 내겐 마땅히 갈 곳이 없다. 친한 친구 집을 모조리 떠올려 보지만 그 댁의 호랑이 같은 시어머니, 다람쥐 같은 아이들이 떠올라 영 재미가 없다.

'가자, 대학로로 가자. 그 찻집, 그 술집으로 가자.'

그러나 누구랑 가나? 그동안 나는 사랑하는 친구들을 모두 버리고 오직 한 사람에게 너무 매달려 살았음을 새삼 반성하게 된다.

이 집 저 집 전화를 걸어본다. 빨래하는 친구, 세금 내러 간 친구. 아빠가(웬 놈의 아빠 소리를 그렇게들 예쁘게 잘도 부르는지) 좋아하는 찌개를 만드는 친구……. 그런데 하나같이 모두들 바쁜 눈치다.

'잘 해봐라, 잘 해봐. 괜히 집을 나왔다.'

조금씩 후회가 밀려오지만 그 생각을 완강히 떨쳐버린다.

한 번은 이런 일도 있었다. 결혼하지 않은 친한 방송국 프로듀서와 함께 저녁을 먹고 밤거리를 배회했다. 물론 부부싸움 후였으니 어떻게 하면 그이보다 늦게 들어갈 수 있을까 하고 버티고 있는 중이었다. 나는 그녀와 함께 스타킹이니 예쁜 인조 목걸이 등을 쇼핑하면서 시간을 보내고 있었다. 물론 그녀에게 결혼에 대한 참담함을 마구 악선전해가면서 이리저리 돌아다녔다.

그런데 시간은 왜 이렇게 더디 흐를까? 그렇게 많은 얘기를 주고받았고 그렇게 자질구레한 여러 물건을 샀음에도 겨우 여덟 시 반밖에 되지 않았던 것이다. 시간은 화살보다 빠르다고 한 얘기는 경우에 따라서는 수정해야 할 필요도 있었다. 커피를 마시고 오랜만에 어디 가서 맥주나 한 잔 할까 하고 기웃거리고 있을 때였다.

"아니!"

나는 한 자리에 우뚝 서서 그만 입을 열지 못했다. 너무 낯익어서 오히려 낯선 사람, 밉지만 반가운 누군가의 얼굴과 딱 마주친 것이었다. 그 사람을 무어라고 불러야 할지, 그의 이름이 음성언어가 되어 입 밖으로 튀어 나오기까지는 얼마의 시간이 흘러야 했다. 바로 그이였다. 그도 어이가 없었는지 웃고만 있었다. 옆에서 영문을 모르는 그녀에게 그이를 소개했다. 우리 부부싸움의 화풀이에 동반해주려고 나왔던 두 사람은 그 순간부터 사실은 그다지 필요 없는 존재가 되어버렸다.

"자, 내가 술 살게."

그이가 자기 친구와 나의 친구를 끌고 성큼성큼 걸어갔다. 그녀가 내 곁에 와서 살며시 속삭였다.

"참 나빠요. 난 하도 야단을 해서 무슨 산적 같은 남자하고 살고 있는 줄 알았더니 너무나도 잘생기고 좋은 분으로 보이네요."

나는 조금 부끄러워져서 우물쭈물하고 말았다. 우리는 즐겁게 맥주를 마시고 처음 만난 연인들처럼 데이트를 하고 다정하게 집으로 돌아왔다.

그러나 이런 경우는 어쩌다가 한 번 있을까 말까 한 경우이고 대부분은 말 한마디 안 하고 사흘쯤 버티다가 제 풀에 화가 식어버리곤 했다. 그런데 어느 날 가만히 생각해보니 뼈가 없는 사람처럼 이렇게 화가 잘 풀어진다고 나를 아주 우습게 여기는 것 같았다. 그래서 이번에는 어떤 경우를 막론하고 부부싸움 후에는 쉽게 풀어지지 않으려고 결심했다.

그런데 부부싸움을 할 기회가 없었다. 그 사이에 나는 만약에 부부싸움을 하게 되면 갈 곳까지 미리 다 정해놓았다. 그러던 어느날, 그 기회가 드디어 찾아왔다. 정말로 화가 나고 참을 수 없는 일이 벌어진 것이었다. 이혼밖에는 해결할 길이 없었다.(그 이유가 무엇이었는지 사실은 지금 까맣게 생각이 나지 않는다. 아마 시시한 일이었나 보다.)

나는 울면서 집을 나왔다. 감색 바바리를 걸치고 스카프를 쓰고 원고지와 비상금을 급하게 챙겼다. 그리고는 미리 사전 답사해 두었던 한강이 멀리 내려다보이는 아름다운 호텔로 향했다. 그곳에서 이틀 밤만 보내리라. 병원에 입원한 셈치고 그 호텔에 죽은 듯이 누워서 가져간 원고지를 꽉 채워온다면 얼마나 좋겠는가. 그리고 곰곰이 내 주변을 정리하자.

택시가 아차산 중턱을 돌아서 광나루 강변이 훤히 내다보이는 그 호텔 현관으로 쑥 들어갔다. 나비넥타이를 한 청년이 뛰어나와 재빨리 택시 문을 열었다.

"어서 오세요."

나는 여왕처럼 우아하게 택시에서 내렸다. 그러나 웬일인지 자꾸만 어깨가 처지고 눈치가 보이고 주눅이 들었다. 프런트에서는 여자 혼자서 방을 빌리는 것이 몹시 수상쩍다는 표정으로 의아해하며 키를 내주었다. 신경이 몹시 거슬렸지만 그럴수록 여유를 보이며 침착한 척했다.

소원대로 강이 내려다보이는 방에 안내되었다. 벌써 어둠이 깔리기 시작한 강변에는 목선 몇 척이 쇠사슬에 메어져 쓸쓸하게 강 위에 떠 있었다. 멀리서 하나 둘 불이 켜지기 시작했다. 사람들은 언제부터 그들의 방에다 창을 내기 시작했을까. 그 창에 불빛이 하나 둘 새어나오고, 집으로 돌아가는 저녁 발자국 소리가 골목마다 가득히 들려오는 듯했다. 나 혼자를 제외하고는 세상은 모두 정상으로 돌아가고 모두들 평화로워 보였다. 우리 집 창에는 누가 불을 밝혔을까 생각하니, 쓸쓸한 비애가 입 안 가득 넘쳐왔고 한 사람의 얼굴이 더욱 밉게 떠올랐다.

"똑, 똑."

이때 조용히 노크 소리가 들려왔다. 이어 청년이 숙박계를 가지고 들어 왔다. 이 녀석은 아까부터 내가 음독자살이라도 하러온 여자처럼 보이는지 눈치가 수상했다. 주소와 이름, 그리고 나이를 쓰고 직업란에 무직이라고 쓰고 보니 초라하고 불쌍하기 이를 데 없는 여인이 거기에 있었다. 신문 사회면에 흔히 나올 만한 여자와 조금도 다르지 않는, 한 여자가 거기 있던 것이다. 아무튼 좋았다.

"여기 맥주 한 병 갖다 줘요."

나는 점점 호기를 부렸다. 이토록 엄청난 고민을 붙잡고 온 여자의 전부가 숙박계에 적혀 나가고 이어 정적이 전신을 감쌌다. 폭신한 침대, 표정 없이 걸려 있는 싸구려 동양화 한 폭, 화장대, 소파, 게다가 침대 위에 나란히 놓여 있는 베개 두 개까지 내 눈에 들어왔다.

나는 머리가 너무나 뜨거워져서 목욕탕으로 들어갔다. 뿌연 김이 서려 있는 백열등 아래에 젊은 여인의 모습이 확대되어 보였다. 거울 속에 비친 내 모습은 초라했고 죄 많은 여자처럼 보여서 섬뜩하기까지 했다. 손을 씻다가 갑자기 무섬증이 확 끼얹는 바람에 화다닥 튀어나왔다. 다시 노크 소리가 들리고 좀 전에 그 청년이 맥주를 가져왔다.

"따지 말고 그냥 두어요."

그는 맥주를 두고 말없이 서 있었다. 침대 밑에 떨어져 있는 낯선 머리카락, 목욕탕에서 들려오는 수도꼭지의 물방울 떨어지는 소리. 옆방에서 들려오는 것일까. 남녀의 웃음소리와 슬리퍼 끄는 소리. 나는 창문을 와락 열어 젖혔다. 밤이 깊이 들어와서 도시는 불야성을 이루고 있었다. 누군가 몹시 그리웠다. 이것은 어쩌면 외로움일지도 몰랐다. 전화통이 유난히 크게 눈앞에 다가왔다. 나는 참다못해 전화를 걸었다.

"여보세요."

낯익은 그의 목소리였다. 나는 숨소리를 죽이며 가만히 있었다.

미움이 더욱 불끈 솟구쳤다.

"다 알고 있어. 빨리 돌아오지 않으면 가만 안 돼."

전화가 찰칵 끊어졌다. 나의 방 정든 창이며 커튼이며 전등, 가구들이 눈앞에 어른거렸다. 나는 부랴부랴 핸드백을 들고 호텔 방문을 나섰다. 고액의 숙박료를 치루고 따지 않은 맥주병을 버려둔 채 허겁지겁 택시를 잡아탔다. 약 40분에 걸친 실패한 일인극이었다.

나는 그 후 다시는 집을 나오지 않았다. 아무리 억울한 부부싸움이라 할지라도 집에서 버티며 싸우는 것이다. "야, 당장 나가!" 하고 소리 지르면 목소리를 아주 저음으로 낮추어 "그런 말 함부로 하시는 것 아녜요" 하고 응수한다.

그런데 그것도 한때. 점점 부부싸움을 하지 않게 된다. 세월은 우리에게서 그것마저도 빼앗은 것인가. 부부싸움은 마치 여름날의 소나기처럼 얼마나 뜨겁고 신이 났던가. 그 비가 온 후에 땅은 또 얼마나 단단해졌던가.

술

술이 나를 찾아오지 않아
오늘은 내가 그를 찾아간다

술 한번 텄다 하면 석 달 열흘
세상 곡기 다 끊어버리고
술만 술만 마시다가
검불처럼 떠나버린 아버지의 딸
오늘은 술병 속에 살고 있는 광마를 타고
악마의 노래를 훔치러 간다

그러나 네가 내 가슴에 부은 것은
술이 아니라 불이었던가
벌써 나는 활 활 활화산이다
사방에 까맣게 탄 화산재를 보아라
죽어 넘어진 새와 나무들 사이로
몸서리치며 나는 질주한다

어디를 둘러봐도 혼자뿐인 날

절벽 앞에 술잔을 놓고

나는 악마의 입술에 내 입술을 댄다

으흐흐! 세상이 이토록 쉬울 줄이야

순간을 달구는

불의 맛

내 친구 중에는 밉지 않은 술쟁이가 하나 있다. 물론 그는 남자이고 소설을 쓰는 친구인데, 그것도 아주 괜찮은 소설을 쓴다. 그는 글이 잘 써질 때는 그것이 흐뭇해서 술을 마시고, 또 글이 써지지 않을 때는 그것이 괴로워서 술을 마신다. 그는 언제나 소주를 안주 없이 마시기를 좋아한다. 뿐만 아니라 술을 일단 마시기 시작하면 사흘이고 나흘이고 곡기를 일체 끊어버려 빈사지경에 빠질 정도다. 그러나 그의 문학은 빛이 났다. 어느 자리에서 나는 그를 가리켜 소설을 숨결로 쓰는 것 같다고 말한 적이 있다. 그만큼 그의 소설은 아름답고 감성적이며 신선한 원시의 체취 같은 것이 인화지처럼 잘 드러나 있다.

이상하게도 나는 그의 술에 대해 관대한 편이다. 아니 묘한 친근감까지 있어서 그가 심한 모주꾼이라는 것을 빌어 그의 인간과 문학까지 덩달아 '진짜'라고 신뢰해버리곤 한다. 어느 날 그가 난데없이 불쑥 전화해서 곤드레가 된 목소리로 "이것 봐! 내가 죽고 난 어느 봄날에도 개나리는 저렇게 막 피겠지?" 하며 흑흑 울었을 때, 나는 좀 먹먹해하다가 괜스레 한나절을 심란하게 보낸 적이 있다. 그래서 맑은 정신이었을 때 그에게 물었다.

"도대체 술맛이 어떻게 생겼길래 그렇게 좋아하는 거지?"

그러자 그는 어눌하게 말끝을 흐리며 이같이 대답했다.

"으응, 그거…… 그냥 정직해서 마시는 거지 뭐."

술맛이 정직한 것이라니……. 그러나 그의 대답은 나에게 정직

해서 마신다는 말이 허무해서 마신다고 말한 것처럼 쓸쓸하게
전해져왔다. 그의 술에 대한 변辨에 내가 이렇게 비약적으로 해
석하는 데는 그럴 만한 진한 기억이 있다. 나의 아버지가 참으로
지독한 술쟁이었던 것이다. 막내딸이었던 나는 겨우 엉금엉금
기어 다니기 시작했을 때부터 술병들이 서로 몸을 부딪치는 신
음소리를 친근하게 들으며 자랐다.

미끈한 서양 말馬이 하늘을 향해 뛰는 모습이 그려진 빈 위스키
술병들이 우리 집 화단에는 언제나 산더미처럼 쌓여 있었다. 그
것도 모자라 우리 집 창고에는 항상 술 괴는 냄새가 비밀처럼 피
어났다. 그때만 해도 보통 농주를 각 가정에서 빚었던 시절이어
서 어머니는 장작불에 얼굴이 벌겋게 달은 모습으로 술을 내리
곤 했다.

농사철에 내놓는 흰 막걸리가 아닌, 아버지가 좋아하는 맑고 입
안에 쩍쩍 엉켜드는 청주를 우리 집만의 비법으로 만들었던 것
이다. 술을 일단 마시기 시작하면 한 달이고 두 달이고 일체의 곡
기를 끊고 술만 마시던 아버지. 평소에는 매우 분명하고 엄하셔
서 모두를 어렵게 만들던 아버지가 일단 술만 드셨다 하면 형편
없이 이지러지고, 잘 우시며 큰 목소리로 말씀을 하시는 바람에
어찌나 겁이 났는지 모른다.

그렇게 슬픈 폭군으로 변한 아버지가 내겐 이상하게도 허무주의
자로 보여 가슴이 아팠다. 허무니 비애니 하는 엄청난 단어를

꿈에도 모르던 나이였지만, 나는 자라면서 자연스럽게 그 아버지의 모습을 허무주의자의 모습으로 가슴 속에 담아두었다.

아버지도 술이 정직해서 그렇게 좋아했을까? 아버지가 왜 그렇게 술꾼이 되었는지 지금도 자세히 모른다. 아버지는 그 시대의 남자들이 흔히 그렇듯이 일찍이 꿈을 좌절당한 시골 토호의 장남으로서 부모님께는 효자였고, 사냥을 취미로 가진 멋쟁이었다. 아울러 아버지는 술쟁이었고, 바람쟁이었던 것도 같다. 안타깝게도 아버지는 장수를 못 하셨다. 술 좋아하는 사람들이 흔히 그러하듯 간이 녹는다는 간경화증으로 회갑을 치른 그 이듬해에 돌아가셨다. 어머니는 입버릇처럼 그때 사춘기인 내게 말했다.

"너는 술 못 먹는 총각한테 시집보내야겠다. 술이 원수다, 원수."

그리고 이런 말도 하셨다.

"아이고, 세상에…… 술이 무슨 맛이라고 그렇게 좋아할까? 나는 혀끝만 대도 몸이 떨리고 징그럽든디……."

그러나 술맛을 모르는 어머니의 이러한 변은 애주가들에겐 실로 우스울 것이다. 술이 없는 곳에 사랑은 있을 수 없다는 말도 있지만, 술은 정직하다는 내 친구의 말을 뒷받침이라도 하듯 칸트는 '술은 입을 경쾌하게 하고 마음을 털어놓게 하여 솔직함을 운반하는 액체'라고 말했다. 이렇듯 술이란 단순히 마술과 같은 위험한 힘만 지닌 것이 아니고 제법 도덕적 효용도 있어서 참으로 재미있다.

술에 대한 예찬의 글을 인용하자면 끝이 없으리라. 술은 마음을 바로잡는 약수라고 했는가 하면 시詩의 샘물이라고 노래한 영국 시인도 생각난다. 동서양을 통해 술을 노래한 시인이 수없이 많지만 그래도 가장 잊을 수 없는 시인이 바로 이태백李太白이다.

꽃 사이에 앉아 혼자 마시자니
달이 찾아와 그림자까지 셋이 됐다.
달도 그림자도 술은 못 마셔도
그들 더불어 이 봄밤 즐기리
내가 노래하면 달도 하늘을 서성거리고
내가 춤추면 그림자도 춤춘다.
이리 함께 놀다가 취하면 헤어진다.
담담한 우리의 우정 다음에는 운하 저쪽에서 만날까.

- 이태백, 〈독작獨酌〉

그러나 술의 낭만과 술의 멋스러움만 예찬하다간 큰 코 다칠 말들도 많다. '입술과 술잔 사이에는 악마의 손이 넘나든다'는 아찔한 경고도 있고, 체면을 아는 신사로서 술집에 들어갔다가 중죄인으로 술집에서 나온다고 한 말도 있다.
술은 평화와 질서의 적이요, 아내의 공포요, 귀여운 어린이 얼굴의 구름이요, 언제나 무덤을 파는 자요, 어머니의 머리를 희게 하는 자요, 슬픔으로 무덤에 가게 하는 자라고 한 말도 모두 술에 대한 무서운 경고다. 아내의 사랑을 실망케 하며 어린아이에게 웃음을 빼앗고, 가정에서 음악을 없애버리고 슬픔으로 차게 만드는 것! 이것이 바로 술이라는 것이다. 아마도 어머니가 들으셨다면 "아이고, 누가 그렇게 내 속마음과 똑같은 얘기를 했다냐? 잉" 하고 눈물을 글썽거리셨을 것이다.

술쟁이들의 금주禁酒 약속처럼 맹랑한 약속이 또 있을까? 열 번을 해놓고 열 번을 어기는 약속이 바로 금주 약속이다. 아예 처음 약속을 할 때부터 믿지 않고 있다가 그것을 감쪽같이 어겼을 때도 모두 당연하게 여기는 것이 바로 그 약속이다.

그렇지만 술 좋아하는 사람치고 선량하지 않은 사람은 없다고 한다. 술을 마시면 심각한 어른의 껍데기는 벗겨지고 대부분 어린아이가 되기도 한다. 오만무도하게 주정을 토하는 경우를 제외하고, 술꾼들에게서는 언뜻언뜻 천진함이 내비친다. 생텍쥐페리의《어린 왕자》가 별에서 만난 인간들 중에서 가장 우습고 한심한, 그러면서도 가장 인간적인 유형이 바로 세 번째 별에서 만난 술고래였던 것을 나는 언제나 인상 깊게 주목한다.

"당신 거기서 뭘 하세요?"
"술을 마시고 있지."
"왜 술을 마시지요?"

"잊어버리려고 그러는 거야."

"무엇을 잊으려고요?"

"부끄러운 걸 잊는 거야."

"무엇이 부끄러워요?"

"술을 마시는 것이 부끄러워서……."

- 생텍쥐페리, 〈어린 왕자〉 부분

나는 술맛을 모르지만 이 마법의 술에 대한 유혹을 짙게 느낄 때
가 종종 있다. 술을 흠뻑 마시고 악마의 뱃속까지 들어가서 그의
심장에서 나는 고동소리에 내 심장의 고동소리를 맞추어보고 싶
다. 그 끝없이 붉은 악의 열정에 뜨거운 입술을 대보고 싶다. 미
끈한 지느러미에 온몸이 곤두서는 아름다운 모험을, 한 잔의 독
한 술로 향유할 수 있다니……. 그것은 평화와 정숙의 신에 대한
보기 좋은 반기이며 아울러 하나의 우주가 새로 열리는 탐미의
축복이다.

수액에 의해 불을 마시는 황홀함의 공간에 술잔은 언제나 놓여
있다. 그러나 술은 그의 맛을 아무나 쉽게 알고 아무나 단숨에
즐기게 허락해주지 않는다. 오히려 처음에는 가슴을 꼭 닫아걸
고 톡 쏘면서 싸늘하게 돌아서던 여인이 몇 번의 기다림과 애원
끝에 드디어 마향과도 같은 사랑을 열어주듯이 술도 그런 뜨거
운 문맥으로 이해되어야 한다. 그리고 그 술맛에 일단 빠져들어

허우적거리다 보면 자신도 모르는 사이에 혀가 줄어들고, 온몸이 흔들리고, 눈이 흐려져서 생명이 조금씩 시들어가는 무서운 마성魔性을 지닌 것이 바로 술맛의 처절한 비밀임을 알게 된다.

지난봄이었던가. 어느 뜻 깊은 장소에 갔다가 이 마법의 술맛에 차츰차츰 빠져든 적이 있었다. 달콤하고도 뜨거운 불의 맛! 정열의 보석 토파즈처럼 매혹적인 그 빛깔에 입술을 적시면 찌르르, 하고 가슴에 광적인 기쁨이 흘러내려가는 그 기분! 정말 신비하고 가슴 설레었다. 아니, 그것은 기쁨이 아니었고 슬픔이었나. 이런 표현을 용서해줄 수만 있다면 '기쁜 슬픔'이었다.

나는 일어설 수가 없었다. 갑자기 지구가 뱅그르르 돌면서 주위에 있는 모든 사람들이 허공에서 함박꽃 같은 웃음을 하하하 터트리는 것이 아닌가. 나는 새처럼 가벼이 날아올랐다. 하체가 어디로 갔는지 윙윙 바람소리가 들렸고, 양쪽 겨드랑이에서 하얀 깃털이 부스스 솟아났다. 이때 의식의 가장 깊숙한 밑바닥, 그동안 꿈에도 모르고 있던 내 마음의 가장 깊은 산 속에서 시냇물 소리가 들리기 시작했다. 그 시냇물은 내게 이렇게 속삭였다.

"넌 지금 돌아가야 한다. 조금만 더 이곳에 있다간 악마에게 붙잡힐 것이다."

나는 어떻게 돌아왔는지 모르겠으나 얼마 후에 불이 켜진 낯익은 내 창 앞에 서 있는 나를 발견했다.

"내가 하늘을 날아온 것일까?"

순간, 불같이 이런 의문이 솟아나는 나의 양 어깨를 만져보며 얼마나 큰 날개가 붙어 있나 확인해 보았다. 그러나 아니었다. 따뜻한 체온이 느껴지고 외로운 어깨와 가는 팔목이 만져졌다. 나는 순간 내 창의 불빛을 올려다보며 뜻 모를 눈물을 펑펑 쏟아놓기 시작했다. 온몸을 쥐어짜며 마구 머리를 흔들자 팔목에서 목 언저리에서 어깨에서 슬픔이 뚝뚝 떨어져 내려왔다.

'아! 세상에 이토록 아름답고도 진한 슬픔의 맛이 있었다니⋯⋯.'

순간 창가에 바람이 스치는가 싶더니 이제는 자연自然이 되신 어머니의 모습이 히뜩 하니 나비처럼 스쳐 지나갔다.

"아이고! 내 팔자야."

어머니가 끄응, 하고 한숨을 몰아쉬는 것 같았다. 나는 끝없이 몸을 쥐어짜며 수십 년 동안 내게 고인 슬픔이란 슬픔을 눈알이 부어터지도록 다시 쏟아놓기 시작했다.

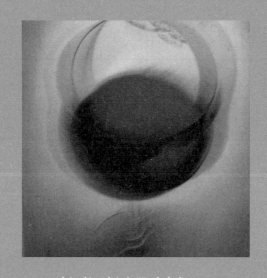

처음에는 가슴을 꼭 닫아걸고

톡 쏘면서 싸늘하게 돌아서던 여인이

몇 번의 기다림과 애원 끝에

드디어 마향과도 같은 사랑을 열어주듯이

술도 그런 뜨거운 문맥으로

이해되어야 한다.

제비를 기다리며

제비들을 잘 돌보는 것은 우리 집 가풍

말하자면 흥부의 영향이지만 솔직히

제비보다는 박씨, 박씨보다는

박 속에서 쏟아질 금은보화 때문이지만

아시다시피 나는 가풍을 잘 이어가는 착한 딸

처마 밑에 제비들을 두루 잘 키우고 싶답니다

하지만 요즘에는 강남에도

제비들이 좀체 나타나지 않아

지하철역에서 복권을 사서

주말이면 허공으로 날리기도 하고

참다못해 빈 제비집에 손을 넣었다가

뜻밖에 숨은 뱀에게 물리기도 한답니다

포장마차에서 죽은 제비 다리를 구워 먹으며

시름을 달래며

솔직히 내가 기다리는 것은

박씨이거나 박 속에서 쏟아질 금은보화가 아니라

물 찬 제비!

날렵하게 사모님처럼 허리를 감고

한 바퀴 제비와 함께 휘익! 돌고 싶은 것은

누구보다 당신이 더 잘 아시겠지

가끔은
유혹받는

여자이고 싶다

'벌이 없으면 도망치는 재미도 없다'는 말은 단순히 역설만은 아니다. 같은 논리로 유혹이 더욱 신선하고 매력적인 이유는 그 속에 달콤함과 끝없는 모험, 그리고 위험이 함께 도사리고 있기 때문이다.

그는 선장이었다. 적당한 품위, 적당한 체험, 그리고 강렬한 시선을 가진 남자였다. 그러나 이쪽은 그의 진지한 사랑에의 유혹을 쉽게 받아들일 수 있는 처지가 아니었다. 이미 결혼한 처지인데다 평판을 중시하는 고답적인 교육을 받은 여자였기 때문이다.

두 사람은 오랜 갈등과 기다림 끝에 드디어 빈 방에 함께 남아 있게 되었다. 큰 배 안에 있는 선장의 밀실에서였다. 이제 가볍게 방문만 채우고 나면 그들은 세상으로부터 완전히 벗어나는 것이었다. 바로 이때 여자가 말한다.

"아무래도 후회할 것 같아요. 돌아가겠어요."

선장은 아무 말 없이 천신만고 끝에 당도했던 밀실의 문을 다시 열어젖히며 여자의 두 어깨에 대고 나직이 말한다.

"안녕히 가시오. 그렇지만 사람이란 자기가 한 일에 대한 후회보다는, 하지 못한 일에 대한 후회가 더 큰 법이오."

몇 해 전에 본 영화의 한 장면이다. 나의 자화상이 밀실 밖의 그 여자와 같은 공간에 놓여 있었기 때문일까. 제목도 주연배우도 잊었는데 다만 그 한 장면과 대사만이 늘 나를 따라다닌다.

"우리의 나이, 우리의 젊음이 왜 여기 놓여 있는 줄 아세요? 사랑의 실천을 위해서지요. 사랑은 시나 산문 속의 애호가 아니라 바로 실천이랍니다."

이렇게 나의 유혹은 스스로를 흔들기도 하지만 나는 늘 문 밖으로 뛰어나온 그 여자의 초점에서 한 발자국도 벗어나지 못하고 있다. 그리하여 언제부터인지 나의 두 손에는 풍속과 도덕의 두터운 갑피로 만든 방패 하나가 쥐어져 있음을 보게 된다.

풍속과 도덕의 방패. 언뜻 들으면 멋없고 답답하기까지 한 이 방패를 그러나 나는 애용하려고 한다. 이 방패는 모든 것을 방어하는 데만 쓰는 무지한 방패는 아니기 때문이다.

바라건대, 어느 날 황홀한 화살촉 하나가 날아와서 나의 두터운 도덕의 방패와 두려움을 보기 좋게 찢어주기를 기대해보는 것 또한 사실이다. 다만 방패 위에 흉한 상처자국이나, 흠집 정도를 남길 만한 하찮은 유혹, 명예만 더럽힐지 모를 졸병과의 싸움을 이 방패는 원치 않을 뿐이다.

풍속과 도덕을 내던지고도 남을 진실로 빛나는 명장과의 일전! 가슴에서 쏟아져 내릴 순열한 피의 향기를 이 방패는 당연히 사랑하고 있다. 시시한 졸병들과의 싸움도 방어해주고, 어느 날 다가올 생명을 건 명장과의 해후를 기다리는 방패의 자존심을 나는 늘 아끼고 있다.

하지 못한 일에 대한 후회를 남기고 돌아선 밀실 밖의 여자를 우리는 결코 어리석다고 할 수는 없지 않을까? 달콤하다고 해서 포식하지 않고 조금씩 아껴 먹는 지혜, 적당한 거리 속에 찰랑이는 향기를 볼 줄 아는 현명한 눈. 이런 섬세한 자각이 때로는 모험과 상처보다 더욱 아름답기 때문이다.

알몸 노래

— 나의 육체의 꿈

추운 겨울날에도

식지 않고 잘 도는 내 피만큼만

내가 따뜻한 사람이었으면

내 살만큼만 내가 부드러운 사람이었으면

내 뼈만큼만 내가 곧고 단단한 사람이었으면

그러면 이제 아름다운 어른으로

저 살아 있는 대지에다 겸허히 돌려드릴 텐데

돌려드리기 전 한 번만 꿈에도 그리운

네 피와 살과 뼈와 만나서

지지지 온 땅이 으스러지는

필생의 사랑을 하고 말 텐데

연애는

행동하는 자의
꽃

손手을 본다. 쇠로 된 반지 하나 끼워 있지 않은 손을 보며 끝없는 꿈과 노역을 생각한다. 모국어로 시詩밖에는 써본 일이 없는 이 손은 지금 참으로 무력하다.

다시 손을 꼭 쥐어 본다. 아무 것도 쥐어지지 않는다. 나는 흔들리고 있다. 지성이라고 스스로 자처했는데, 자칫하다간 그 지성으로 가장 경계해야 할 굴형에 빠져버릴 것만 같다. 여러 가지 현실적인 고민에 뒤엉기고 뒤엉기다가 결국은 '에라 모르겠다. 그냥 돈이나 벌고, 상투적인 잔재미나 누리다 가자' 하는 생각이 들고 마는 것이다. 오랫동안 경계해오던, 좀생이나 보듯이 피해왔던 생각의 골목이다.

지성인이란 어떤 가치에 기여하는 데 있는 것이다. 그것이 비록 가난하고 쓸쓸하고 아픈 대가나 고통을 전재한 길이라고 하더라도, 지성인은 그 가치를 위해 피 흘려야 하는 것이다. 아니, 그 자체가 바로 가치 있는 지성의 삶이다.

그런데 이 시대의 현실은 우리로 하여금 가치와 애인을 상실시키고 있다. "에라 모르겠다"고 하는 자기 포기와 안일주의에 물드는 소비적 삶, 그리고 소모적 삶. 지금 그 굴형에 한 발이 빠질 위기에 서 있는 것이다. 도망치고 싶다. 그러나 나의 손은 점점 기운을 잃고 있다.

모두들 젊고 싶어 한다. 나이를 싫어한다. 젊음으로서 가능한 것이 과연 무엇이길래 그리도 젊고 싶어 하는 걸까? 굳이 늙어서는 안 되는 이유란 대체 무엇일까? 어떤 분석에 의하면 현대 사회가 시각 중심으로 권력이동을 했기 때문이라고 한다. 이런 변화들이 연애의 가능성을 사라지게 만들고 있다. 연애는 젊음을 위한 최상의 꽃임에 틀림없다. 헛되고 헛된 유한有限 유일唯一의 우리 인간의 삶 속에서 그래도 가장 가슴 뛰는 것이 바로 연애다.

그러나 연애는 모험과 위험을 수반한다. 거기에는 천 길 낭떠러지가 있다. 그리고 시간의 가변可變을 가장 참혹하게 보여주는 것이 바로 우리의 연애다. 그러기에 더욱 아침이슬처럼 신비로운 인생의 꽃이 되는 것이다.

아무 일도 없이, 연애도 없이 사람들은 그저 젊음을 탐하고 지폐를 탐하며 살고 있다. 가장 도덕적인 몸짓과 목소리로 논설을 떨치며 일상을 부식시키고 있다. 관념의 허위를 알아차리지 못하고 알맹이의 주위만을 맴돌고 있을 뿐이다.

지성과 가치, 젊음과 연애는 관념이 아니다. 그것은 용기와 실천으로만 비로소 완성되는 한 폭의 명화이다. 지성의 애호가, 연애의 애호가를 나는 혐오한다. 진실로 이 시대 우리에게 필요한 것은 애호가 아니라 실천이다.

서정적인 수다, 그럴싸한 관념어로 쌓인 이론의 인플레 속에서 우리 시대는 멍들어가고 있다. 사람들은 정치의 불의나 경제의 부정에는 쉽게 분개할 줄 알면서 문화의 허위와 부패에는 그다지 분개하지 않는다. 때로는 자기도 모르는 사이 그 속에 동참하고 부화뇌동하기까지 한다.

정치나 경제의 불의, 부정은 한 시대가 끝나면 명확히 그 진부가 역사 앞에 드러나지만 문화의 타락과 허위는 그 상처가 깊고 그 치유의 시간도 오래 필요하다. 문화의 타락과 허위, 그리고 관념의 허상에 우리가 혼돈을 거듭하는 이유도 바로 그 때문이다.

쓸쓸

요즘 내가 즐겨 입는 옷은 쓸쓸이네

아침에 일어나 이 옷을 입으면

소름처럼 전신을 에워싸는 삭풍의 감촉

더 깊어질 수 없을 만큼 처연한 겨울 빗소리

사방을 크게 둘러보아도 내 허리를 감싸 주는 것은

오직 이것뿐이네

우적우적 혼자 밥을 먹을 때에도

식어 버린 커피를 괜히 홀짝거릴 때에도

목구멍으로 오롯이 넘어가는 쓸쓸!

손글씨로 써 보네 산이 두 개나 위로 겹쳐 있고

그 아래 구불구불 강물이 흐르는

단아한 적막강산의 구도!

길을 걸으면 마른 가지 흔들리듯 다가드는

수많은 쓸쓸을 만나네

사람들의 옷깃에 검부처럼 엉처 있는 쓸쓸을

손으로 살며시 떼어 주기도 하네

지상에 밤이 오면 그에게 술 한잔을 권할 때도 있네

이윽고 옷을 벗고 무념無念의 이불 속에

알몸을 넣으면

거기 기다렸다는 듯이

와락 나를 끌어안는 뜨거운 쓸쓸

어디를
둘러봐도

외로움뿐인 날

언 땅을 밀치고 푸른 싹이 눈을 뜨고, 마른 나뭇가지에 꽃망울이 맺힌다는 사실만으로 봄을 희망의 계절이라고 노래하는 건 너무 성급한 결론인 것 같다. 봄이 다른 계절에 비해 유난히 경이로움을 주는 건 사실이지만, 그렇다고 해서 곧바로 봄이 희망의 계절이 되는 것은 아니지 않을까. 완강한 무게로 덮치고 있던 잿빛 얼음덩이를 밀치고 어느 날 갑자기 가냘픈 보리 싹이 쑤욱 얼굴을 내밀 때의 그 기적과도 같은 감동을 몰라서 하는 말이 아니다.

그냥 희망의 계절이요, 소생의 계절이라고 기뻐하기에 봄은 깊은 우수의 정서 또한 가져다주기 때문이다. 봄이 오면 끝 모를 슬픔과 허무감에 젖어들기도 하지만, 또한 기를 쓰고 싹을 틔우는 생명을 보며 말할 수 없는 눈물겨움에 사로잡히기도 한다. 결국 봄은 생명이 갖고 있는 기쁨과 슬픔, 그리고 외로움을 극대화시켜주는 계절이 아닐까. 그래서 봄은 차라리 생명의 계절이라고 부르고 싶다. 사방에서 자연이 소생할 때 가장 눈부시게 생명이 느껴지는 계절이기 때문이다.

살아 있는 목숨의 한계, 결국 '홀로'라는 자각이 마치 정겹게 곁으로 다가선 누군가의 숨결처럼 부드럽게 느껴진다. 그래서 사람들은 그 어느 계절보다 봄에 더 많이 연애를 꿈꾸는 것 같다. 머잖아 가을이 다가오기 전에 내가 껴안고 있는 이 시간을 힘껏 사랑하고 싶은 것이다. 이름 지을 수 없는 슬픔을 참으며 또한 솟아오르는 열망에 가슴이 설레는 이중적 정서에 당혹해지는 계절이 바로 봄이다.

봄날 아침, 썰물처럼 가족이 모두 빠져나간 후 빈집에 혼자 앉아 책을 펼칠라치면 충만함과 외로움이 한꺼번에 물결처럼 밀려와 잠시 망연해진다. 그래서 커피 한 잔을 마시며 음악을 틀어보기도 하고 창가에 새로 핀 나무들을 오래 바라보기도 한다. 풀꽃들은 어김없이 돌아오는구나. 돌아가신 이들이 그리워져 순간, 울컥거리지만 목에까지 치밀어오는 '외롭다'는 말은 끝내 참는다.

'아, 외롭다!'

어쩐지 이 말만은 발설해선 안 될 것 같다. 그러고 나면 정말로 외로워질 것 같은 두려움이 든다. 나는 써지지 않는 원고를 억지로 붙들고 씨름을 한다. 위대한 유적, 아름다운 예술품도 어쩌면 외로움의 소산일 것이다. 자기와의 외로운 싸움, 아니 인간이란 끝없이 외로운 존재라는 자각이 더 큰 일을 창조하게 만든 힘일 것이다. 외로움은 근원적이고 사뭇 철학적인 명제이지만 어쩌면 환경에 의한 것도 있으리라.

소설가 Y는 내 죽마고우 친구인데 그는 늘 외로움을 탄다. 유난히 투명한 소설을 쓰는 소설가인 그는 툭하면 내게 전화를 걸어온다.

"여보세요……."

그의 가늘고 파인 목소리를 들으면 나는 그가 안 써지는 원고들 속에 술병을 들고 외로워하고 있는 모습이 눈에 선해서 전화기를 집어 드는 내 손마저 조금 떨릴 때가 있다.

기실 그의 버둥거림은 어제 오늘 시작된 것이 아니지만 Y처럼 통렬하고 정직하게 외로움을 치르고 사는 이도 드물다는 생각이 들어 나는 늘 그를 따뜻하게 대해준다.

며칠 전 햇살이 몹시 다사로운 봄날에 그는 "외로워서 전화했수다" 하고 더 이상 참지 못할 비밀이라도 누설하듯이 그 말을 터뜨리고 말았다. 나는 반사적으로 "뭐가 외롭다고 그래요. 모두가 먹고 살기 바빠서 야단인데 괜히 좋은 소설이나 쓰지 엄살떨고 야단이에요" 하고 퉁명스럽게 타박했다. 그러나 기실 그것은 내 자신을 들킨 것 같은 낭패감에 더 거칠게 내뱉어버린 신경질 같은 것임을 그가 왜 모르겠는가.

"외로움 공부를 했더니 점점 더 외롭네. 처음부터 시작을 안 했어야 했어요. 이 놈의 문학을 때려치우든지 어쩌든지 해야지……."

그의 뒷말이 내내 여운을 끌었다. 문학공부는 외로움 공부요, 소설이나 시를 쓰는 일은 인간의 외로움을 형상화하는 것이라는 사실을 그는 너무도 잘 알고 있었다.

'표현을 안 할 뿐이지 누구라고 외롭지 않을까.'

혼자 구시렁거리며 사방을 둘러보니 정말 너무나 외로운 것 같다. 한강변 위로 아지랑이가 물안개처럼 뿌옇게 다가드는 것도, 꽃이 홀로 피는 것도 외로워 보인다. 또 가끔씩 들려오는 새소리는 어떤가. 만약 부모가 생존해 있고 형제가 많으면 조금 덜 외로울까. 그러나 애인이 많은 한 선배는 늘 외로워서 어쩔 줄을 몰라 하지 않던가. 나는 생각다 못해 나이 많은 언니에게 전화를 걸어보았다. 그 언니는 정확하게 말하면 내 이모의 딸로서 이모가 그만 일찍 돌아가신 바람에 어린 시절을 우리 집에서 자랐다. 선천적으로 명랑하고 영리한 언니는 처녀 시절엔 머리를 엉덩이까지 늘어뜨리고 휘파람도 휙휙 잘도 불었다.

양재학원 다닐 때는 나에게 빨강, 파랑 고무꽈리를 사다주었고, 온갖 동요를 다 불러주던 언니. 그러나 지금은 얼굴에 거미줄 같은 주름이 그어진 초로의 아주머니가 되었다. 언니에게 전화를 걸 때는 언니의 재봉틀 옆에 붙어 있는 이불가게로 전화를 해야 해서 나는 여간한 일이 아니면 전화 거는 일이 없었다. 그런데 언젠가 어머니가 돌아가신 직후 문득 가슴이 추워 전화를 했더니 언니는 대뜸, "오메 웬일이냐? 전화를 다하고…… 아마도 우리 정희가 외로운 갑네, 엄마 보고 싶냐? 잉" 하는 것이 아닌가. 나는 아주 낭패한 기분이 들어 그만 서둘러 전화를 끊어버렸다. 그대로 전화기 앞에 서서 눈물을 줄줄 흘렸던 건 아마 영리한 왈가닥 언니조차 상상을 못했으리라.

천천히 다이얼을 돌리자 신호가 가고 시장 특유의 소음이 새어
나왔다.

"언니, 저예요. 바쁘세요?"

언니는 예의 그 활력에 넘치는 웃음소리와 함께 호들갑을 떨었다.

"아이고, 내가 어젯밤 꿈에 밤새도록 너를 업고 뛰었더니 네가 전
화를 하는구나?"

"왜 뛰어요?"

"전쟁이 났다고 해서 그랬어."

나는 언니를 따라 조금 웃다가 그냥 살며시 전화기를 내려놓았
다. 이제 외로움 타령은 그만두고 나도 언니가 열심히 재봉틀을
돌려서 헌옷을 꿰매듯이 내 마음의 외로움을 꿰매야 할 것 같았
다. 그러나 나는 외로움을 타는 버릇(?)을 결코 집어치우거나 반
성할 의향은 없다. 어쩌면 사랑이 깊어서 외로움도 깊은 것은 아
닐까. 사람이 외롭지 않고 무엇을 할 수 있으랴. 병에 걸려 헐떡
이는 목소리 속에서 오히려 뜨거운 생명에의 헐떡임을 느끼듯이
위대한 창조물은 모두 외로움의 소산이 아닌가. 봄이 만개하고
있다. 하지만 맹위를 떨치며 스쳐가는 아폴로 눈병처럼 봄은 곧
가리라. 우리 인생의 봄도 곧 가리라.

외롭다. 그래서 나는 더욱 살맛이 난다.

젊음의 방

그때

우리는 왜 병 한번 나지 않았을까

풀밭에 미끄러지는 초여름처럼

사춘의 물결이 우리를 적셔올 때

나이테의 뿌리가 보일 때까지

시를 생각하고

새벽의 흰 치아가 빛날 때까지

연애를 꿈꾸던

그때

우리는 왜

얼굴에 끝없이 솟는 화산을 달고

시간을 툭툭 차며

거리를 쏘다녔을까

여전히 해는 뜨겁고

여전히 배는 고프고

여전히 여전히 어지럽기만 했을까?

병 나면 병실에 누워
병은 꿈에도 보지 못하고
꽃병에 꽂힌 장미며
흰 커튼을 배경으로
나는 비둘기를 보며
레이스 잠옷에 안겨 울었을 텐데

시와 사랑에 충만하고
위로가 넘치는 바다에 누워
오래 반짝였을 텐데
그런데 왜 그때 우리는
병 한번 나지 않았을까

예쁜 들짐승처럼
여전히 여전히 힘만 솟았을까?

그때는

왜 그리
뜨거웠을까?

'미모사'라는 풀꽃이 있다. 조금만 건드려도 싸늘하게 푸른 이파리들을 싹 오므려버리는 풀꽃이다. 이 미모사를 볼 때마다 가녀리고 예뻤던 나의 십대 시절을 생각한다. 아름다운 반항과 뜨거운 가능으로 늘 갈증처럼 꿈을 앓았던 그 시절. 생각할수록 그립고 안타깝기만 한 시간들이었다.

누가 만들어낸 말인가. 사춘기라는 말은 그때의 우리를 참으로 사춘기이게 했었다. 멋모르고 초등학교를 졸업하고 중학생이 될라치면 책에서나 선생님들은 갑자기 서로 약속이나 한 듯이 모두들 사춘기라는 말로 우리들을 대해주었다. 그 말을 처음 학교에서 듣고 온 날, 아무렇지도 않던 왼쪽 뺨에 무엇인가 툭 하니 볼거지며 여드름이라는 이름으로 매달렸고, 초등학교 시절 그토록 착하던 남자애들의 턱 밑엔 공연히 까슬까슬한 수염자리가 징그럽게 돋아나는 것을 나는 어쩔 수 없이 지켜보아야 했다.

그것은 정말 약오르는 일이었다. 괜한 사람을 충동질을 해놓고선 툭하면, "그래, 그럴 때다. 너희만 한 때는 감수성이 예민해서 무언가 끝없이 그리워지는 나이란다"라는 말로 우리들을 묶으려드는 것이 아닌가. 그러나 약이 오르고 속상해도 그것은 사실이었다. 왠지 그 이유를 알 수는 없었지만 그리움, 편지, 기다림, 외로움…… 이런 말들이 마구 좋아지기도 했었으니까.

아, 나는 무엇이 될 것인가. 사랑은 누구와 나눌 것인가. 어떤 빛깔로 채색된 그림 속의 주인공이 될 것이며, 또 얼마나 용감하고 멋진 왕자가 말을 타고 달려와 나를 구출해줄 것인가. 나는 그런 생각을 하느라 불면의 밤을 보냈다. 잘 웃고 잘 울던 소녀, 누구보다 고민이 많던 소녀. 무거운 책가방의 무게만큼이나 생각이 많아서 밤이면 그것을 쏟아놓느라 수많은 시를 쓰던 소녀가 바로 그 시절의 나였다. 그것뿐이 아니었다. 한 달에 한 번씩 입어야 하는 분홍색 팬티는 얼마나 우리를 슬프게 했었던가. 나는 지금도 그것을 똑똑히 기억하고 있다.

"이브, 그 계집애가 사과를 따먹었기 때문이야."

한 친구는 그때마다 신경질을 냈지만, 그때 우리들 가슴속 깊이 남몰래 피어오던 생의 슬픔은 결국 우리를 어느 날 단숨에 처녀로 성숙시키는 계기가 되었다.

지금 생각해보면 아무것도 아닌, 오히려 설익고 풋풋해서 예쁘고 그립기만 한 그 시절의 모든 일들이 그땐 왜 그토록 절실하고 서럽고 곤혹스러웠던지 정말 지금도 잘 모르겠다.

왜 시험 때만 되면 그토록 읽고 싶은 소설책이 많았으며, 왜 점수 못 받은 엉터리 답안지를 받아들 때만 어머니에게 불효하고 있다는 가책이 들었을까. 왜 그 순간만은 철저한 효녀가 되어 자신의 못남을 괴로워하며, 따스한 도시락의 온도에서 어머니의 간절한 기도와 사랑을 느꼈는지 참으로 모르겠다.

치사한 숙제 검사, 만원버스, 또 조금도 가치를 부여하고 싶지 않은 그 돈 때문에 우리들의 작은 소망이 수없이 규제를 받았던 건 지금 생각해봐도 안타깝기만 하다. 이제 아무리 쳐다보아도 그립기만 한 추억 앨범 속의 내 짝 계집애와 나는 왜 그때 한 달 이상 절교를 하고 지냈었을까. 그 애의 싱거운 말 몇 마디, 눈빛 한 오라기가 얄미워서 나는 그 애와 절교해버렸고, 그래서 그 애 집 앞을 일부러 지나치지 않으려고 먼 곳으로 빙 돌아다니며 까닭 없이 괴로워하곤 했었다. 친하지도 않은 다른 친구에게 두 배로 과장해서 친절하게 굴었으며, 그 애가 듣는 것을 의식해서 즐거운 척 큰소리로 웃고 떠들었던 건 무슨 심보였던가.

이런 기억도 있다. 친구들 중 얼굴이 핼쑥하고 몹시 착했던 한 아이가 입원해서 우리들은 모두 함께 문병을 갔었다. 꽃을 사들고 얘기 보따리를 잔뜩 들고서 소독내가 나는 하얀 병실 문을 열었을 때 우리들은 모두 그 애를 진심으로 부러워했었다. 우리의 육신에 숙명처럼 아픔이 있다는 그 슬픈 이치는 꿈에도 생각지 못하고, 흰 레이스가 달린 잠옷을 입고(그때는 환자복이 없었다) 꽃병이 있는 병실에 누워 맛있는 깡통을 따 먹으며 위로받고 있는 그

친구를 우리는 무척이나 부러워했었다. 그래서 우리는 "주사는 아팠니?" "약은 썼니?" 하는 얘기는 한마디도 묻지 않고, 엊그제 함께 보았던 영화 얘기와 새로 부임해온 총각 선생님의 별명 얘기만 병실이 떠나가도록 지껄이다가 해질녘에야 집으로 돌아왔었다. 집으로 돌아와서는 '왜 나는 한 번도 아프지 않는 것일까.' '왜 나는 이렇게 여전히 밥맛이 좋고 여전히 기운이 솟는 것일까'를 은근히 원망까지 했었다.

꽃이 있는 하얀 병실에서 예쁜 잠옷을 입고 누워 주위 사람들의 사랑과 격려를 받으며 하룻밤만이라도 입원하고 싶었다. 어디엔가 붕대를 감고 엄살을 떨고 싶었으며, 하다못해 다래기 난 눈에 안대라도 하고 다니고 싶었다. 나는 낙엽을 보고 눈물을 흘리는 영화 속의 스잔나가 되고 싶었다. 《마지막 잎새》에 나오는 센티한 병석의 소녀가 되고 싶었다.

그러나 사랑이 얼마나 위대하고 아름다운 것인가를 나는 그때 이미 알아버렸다. 물론 아이가 배꼽에서 나오지 않는다는 것쯤은 벌써 알고 있었지만, 끝없는 호기심과 상상 때문에 늘 가슴을 앓았다. 어른들이 보는 잡지에서 남자와 여자가 서로 껴안고 입을 맞추고 있는 그림을 안 보는 척하며 얼른 보았으며, 아름다운 사랑을 묘사한 영화를 보며 눈물을 펑펑 쏟기 일쑤였다.

참으로 사춘기 시절의 호기심이나 동경처럼 뜨겁고 아름다운 것이 또 있을까. 이것이야말로 인류 역사의 시발이 되고 모든 예술의 샘이 되리라.

아, 내 마음의 그네 터에 오색의 무지개로 걸려 있는 그 시절, 가장 풋풋하고 아름다운 그 시절을 나는 뜨겁게 타오르는 날개로 이렇게 파득거릴 수밖에 없다.

체온의 시

빛은 해에게서만 오는 것이 아니었다
지금이라도
그대 손을 잡으면
거기 따듯한 체온이 있듯
우리들 마음속에 살아 있는
사랑의 빛을 나는 안다

마음속에 하늘이 있고
마음속에 해보다 더 눈부시고 따스한
사랑이 있어

어둡고 추운 골목에는
밤마다 어김없이 등불이 피어난다

누군가는 세상은 추운 곳이라고 말하지만
또 누군가는
세상은 사막처럼 끝이 없는 곳이라고
말하지만

무거운 바위틈에서도 풀꽃이 피고
얼음장을 뚫고도 맑은 물이 흐르듯
그늘진 거리에 피어나는
사랑의 빛을 보라
산등성이를 어루만지는
따스한 손길을 보라

우리 마음속에 들어 있는 하늘
해보다 더 눈부시고
따스한 빛이 아니면
어두운 밤에
누가 저 등불을 켜는 것이며
세상에 봄을 가져다주리

오직
사랑하는

사람만이
살아남는다

대체 인간이란 존재는 무엇일까. 또, 산다는 것은 무엇을 뜻하는 것일까. 모든 삶은 필연적으로 우수의 표정 위에 놓여 있다. '인간은 슬프려고 태어났다'는 말은 그러므로 삶을 염세적 시각으로 바라본 부정적 경구가 아니라, 오히려 삶의 본질을 꿰뚫고 용기 있게 그것을 수긍하려는 긍정적 감탄사에 가깝다.

우리의 짧은 생애는 언제나 고통과 우울의 내면을 흐르면서 스스로를 지탱시킨다. 우리는 힘차게 살아내야 한다. 그 고통의 힘으로, 우울이라는 끈질긴 집착력으로 버텨내야 하는 것이다.

독일의 시인 헤르더의 시집 《우수의 어린이》를 보면 인간의 어머니는 우수의 여신 쿠라였다고 한다. 쿠라Cura는 그의 이름에서 알 수 있듯이 우수와 걱정의 여신이었다. 우수의 여신 쿠라는 어느 날 냇가에 앉아 진흙으로 인간의 형상을 빚고 있었는데 제신의 왕인 주피터가 등장하여 쿠라의 진흙으로 된 인간의 형상에 생명을 불어넣었다. 그리고 그것이 자기의 것이라 우겼다. 조금 후에는 대지의 신 헬루스까지 나타나서 흙은 대지에서 비롯된 것이니, 그것은 자기의 것이라 주장했다. 한참 서로가 다루고 있을 때, 드디어 심판관 사투른이 등장하여 다음과 같이 심판했다.

"생명을 준 주피터는 그것이 죽은 후에 영혼생명을 걷어가라. 그리고 대지의 신 헬루스는 죽은 후에 해골을 가져가라. 아기 엄마인 쿠라는 목숨이 있는 한 아기를 맡긴다. 그러나 이 아기는 목숨이 있는 한 너를 닮아 시름에 잠겨 지내리라."

바로 쿠라가 빚은 흙humus으로 된 그 형태는 이때부터 인간homo
으로 불린 것이다. 살아 있을 때는 끝없이 우수에 잠기고, 사후에
는 신에 속하는 피조물이 바로 인간인 것이다.

물론 신화 속에 우수의 인간만이 있는 것은 아니다. 가령 프로메
테우스적인 인간 주체성을 주장하는 설도 얼마든지 있다. 그러
나 인간은 그 생명의 뿌리를 고통 속에 내리고 있는 것은 부인하
지 못할 근원적 본질이다. 흔한 얘기로 진주의 고귀함은 상처에
서 비롯되듯이, 인간은 그 고통과 우울을 진주의 고귀함으로 빛
내고 싸안아야 하는 것이다.

고통과 우울을 사랑하는 일은 괴롭고 슬픈 일만은 아니다. 걱정
과 우수의 신 쿠라를 어머니로 여기고 대지에서 나서 대지로 돌
아가야 할 우리 인간에게는 바로 사랑이라는 무기가 있기 때문
이다. 지상에 머무는 시간을 사랑하고, 삶을 사랑하고, 생명을 가
지는 동안 만나는 다른 생명을 한없이 사랑하는 일. 그것은 어떤
신들도 흉내 내기 어려운 인간만의 축복인 것이다.

인간은 본래 나약하기 짝이 없는 가엾은 존재라는 것, 그리고 인
간의 삶은 근원적으로 우수의 표정 위에 떠 있는 숙명을 안고 시
작하고 끝난다는 것, 이런 자각이야말로 바로 무한한 사랑의 이
유가 되는 것이다.

"사랑해, 그대를 사랑해."

마치 낭만주의 시대의 시구와도 같은 이 말은 어쩌면 인간이 아니면 감히 그 누구도 발음할 수 없는 최고의 노래요, 천부의 숨결이다. 사랑 앞에서는 신도 무색해지는 것은 말할 것도 없다. 사랑 앞에서는 사소한 고통이나 우울 모두 무색해지는 것은 말할 것도 없다.

목숨을 일고 씨는 동안 긴실로 기장 강한 무기는 사랑이다. 인간의 삶 속에는 겉으로 잠시 번쩍거려 보이는 명예도 있고, 또 누추한 일을 슬쩍 덮을 수 있는 돈도 있고, 잘 드는 칼과 같은 권력도 있다. 그러나 이 모든 것은 진실로 인간 본질의 우수나 고통을 위무하고 치유하기는커녕, 어쩌면 그 우수와 고통을 더욱 더 깊게 할 수도 있다.

그러나 사랑은 다르다. 사랑은 명예나 돈이나 혹은 권력에 비해 어쩌면 가장 부드럽고 가장 눈에 안 보이는 향기와 같은 것이다. 사랑을 가지는 데 무슨 특별한 힘이 필요한 것도 아니다. 그래서 자칫 숫자에 익숙하고 눈에 확실히 보이는 것만 믿고 신봉하는 데 익숙해진 사람들에겐 어딘가 막연하고 시원치 않을지도 모른다.

하지만 그럼에도 불구하고 사랑의 힘이 그토록 무한하다는 것은 무슨 의미일까. 때로는 폭력적인 제도를 향해 당당히 "노!"를 외치게 하고, 철통같이 굳건한 국경을 밤이슬처럼 가벼이 쓰러뜨리는 사랑의 힘은 대체 어디서 나오는 것일까? 심지어 어떤 시인은 신을 향하여 대결의 자세를 지을 수 있는 힘도 바로 사랑에서 나온다고 노래했다. 모든 인간의 삶이 필연적으로 우수와 고통 위에 그 닻을 드리우고 있지만, 바로 사랑이 있기에 인간의 삶은 고귀하게 빛나는 것이다.

고통은 삶의 윤활유다. 우수는 삶의 향기다. 고통으로 단련된 시간은 보석처럼 견고하다. 그 모든 것을 헤치고 샘솟는 사랑은 우리의 목숨을 꽃처럼 향기롭고 아름답게 만든다. 그래서 사랑하는 사람은 어떠한 삶 속에서도 살아남을 수 있다.

고통과 우울을 사랑하는 일은

괴롭고 슬픈 일만은 아니다.

우리 인간에게는 바로 사랑이라는

무기가 있기 때문이다.

다시, 나를 위하여

마흔 살의 시

숫자는 시보다도 정직한 것이었다
마흔 살이 되니
서른아홉 어제까지만 해도
팽팽하던 하늘의 모가지가
갑자기 명주솜처럼
축 처지는 거라든가

황국화 꽃잎 흩어진
장례식에 가서

검은 사진 테 속에
고인 대신 나를 넣어놓고
끝없이 나를 울다 오는 거라든가

심술이 나는 것도 아닌데 심술이 나고
겁이 나는 것도 아닌데 겁이 나고 비겁하게
사랑을 새로 시작하기보다는
잊기를 새로 시작하는 거라든가

마흔 살이 되니
웬일인가?

이제까지 떠돌던
세상의 회색이란 회색
모두 내게로 와서
어딘가에 전화를 걸어
새 옷을 제야하는 꺼라든가

아, 숫자가 내 기를 시든 풀처럼
팍 꺾어놓는구나.

서른과 마흔

사이

내가 이십대였을 때 연극하는 한 선배는 내게 대사조의 코맹맹이 소리로 이렇게 말했다.

"그대가 아직 이십대라…… 아이고, 호랑이 수염도 뽑겠구나!"

그때 선배는 막 삼십대 중반을 넘기고 있었는데 나는 선배의 말이 부러움에서 나온 건지 아니면 나이가 주는 특별한 개안(開眼)에서 나온 건지 어리둥절해 하다가, 어떻게 하면 이 나이에 호랑이 수염을 뽑을 수 있을까를 곰곰 생각해보기도 했다.

그런데 얼마 전 겨울바람이 살랑살랑 불기 시작하자, 나는 다시 한 선배와 '나이' 이야기를 나누게 되었다. 둘 다 자신의 나이가 얼떨결에 너무 많아졌다며 투덜거렸다.

'아니, 내가 어느새 이렇게 늙었다니……'

못마땅해 하던 사람의 옷을 잠시 빌려 입은 것처럼 내 나이가 참으로 꿉꿉했고 부당하게 느껴졌다.

어린 시절, 서른 살이 넘은 여자는 무슨 재미로 살까 걱정한 적이 있었다. 여자 나이가 서른 살이 넘는다는 것은 참으로 뻔뻔스러운 일이라고 생각했던 것이다. 십대는 그 자체만으로 풋풋한 나이고, 이십대는 아름답지만 좀 징그러울 것 같았다. 게다가 서른 살은 슬슬 염치없고 뻔뻔스러운 나이라고 느껴졌던 것이다. 하물며 여자가 마흔 살이 넘는다는 것은 상상조차 할 수 없는 일이었고, 심하게 표현하면 여자가 마흔 살이 넘으면 죽어야 한다고 까지 생각했었다.

그런데 어느새 내가 그 뻔뻔스러운 나이를 훌쩍 넘겼으면서도 지금의 나는 죽을 생각은 꿈에도 한 적 없이 점점 더 삶의 뿌리를 깊게 내려놓으며 살고 있다. 그러면서 진실로 몰염치하고 주책스럽게도 가끔씩 못다 한 사랑에 대해 아쉬운 눈빛까지 흘리기도 한다.

"그래요, 삼십대까지는 가끔 사랑의 지옥에 빠질 수도 있더군요. 그런데……."

"그런데요?"

나는 선배의 말에 구구절절 동의하면서 다급히 물었다. 아직도 내 나이가 사랑의 모험에 빠질 수 있지 않을까 귀가 솔깃했는지도 모른다.

"그런데 사십대는 달라요. 천신만고 끝에 기적처럼 그런 사랑이 찾아왔다고 해도 함께 지옥까지 가긴 힘들지요. 가긴 가겠는데 가기 전에 처리할 일이 너무 많아서 그만 도중에 눈이 떠지고 말죠."

우리는 둘 다 웃고 말았지만 너무 젊어서 위태롭지도 않고, 그렇다고 너무 늙어서 안일하지 않는 삼십대의 나이가 가장 뿌듯한 나이구나, 하는 생각을 순간 했다.

그러나 삼십대가 실제로 그렇게 뿌듯한 나이일까? 어린 시절의 눈부신 꿈이 슬슬 소시민으로 자리를 잡아가기 시작하면서 한편 '아직도!'라는 가능의 불꽃이 채 사위지 않아 갈등으로 물결 짓는 나이, 그때가 바로 삼십대인지도 모를 일이다. 더구나 여자 삼십대는 아무개라는 자신이 이름이 서서히 뒷전으로 밀리고, 아내와 어머니의 자리가 점점 크게 떠오르는 시기다. 그래서 갑자기 자신의 모습이 퇴보의 모습과 동일시되기도 해서 애써 장만한 편리한 살림도구들을 던져두고 백화점 문화센터의 신청서를 새로 받아오기도 한다.

독일의 여류시인 잉게보르크 바흐만의 《삼십 세》는 첫 서두를 이렇게 시작하고 있다.

30세에 접어들었다고 해서 어느 누구도 그를 보고 젊다고 부르는 것을 그치지는 않으리라. 하지만 그 자신은 일신상 아무런 변화를 찾아낼 수 없다 해도 무엇인가 불안정해져간다. 스스로를 젊다고 내세우는 것이 어색하게 느껴지는 것이다. 그러던 어느 날, 아마도 곧 잊어버리게 될 어느 아침, 그는 잠에서 깨어난다. 그리고는 문득 몸을 일

으키지 못하고는 그 자리에 그대로 누워 있는 것이다. 잔
인한 햇빛을 받으며 새로운 날을 위한 무기와 용기를 몽
땅 빼앗긴 채, 자신을 가다듬으려고 눈을 감으면 살아온
모든 순간과 함께 그는 다시금 가라앉아 허탈의 경지를
떠내려간다. 그는 가라앉고 또 가라앉는다. 고함을 쳐도
소리가 되어 나오지 않는다. (고함 역시 그는 빼앗긴 것이다)
일체를 그는 빼앗긴 것이다.

바흐만의 산문은 이렇듯 삼십 세의 병증을 변명하거나 회의하지
않고 후련하게 명료한 언어로 드러내놓고 있다. '나이는 거부할
수 없다'는 것은 부정할 수 없는 자연의 이치인데 바흐만은 바로
그 말에 당당하게 동의하듯 이렇게 명중한 언어로 드러냄으로써
오히려 치유의 암시를 하고 있다.
세계에 유래 없이 어른에 대한 존대어를 갖고 있는 동양권의 한
나라이기 때문일까? 우리는 유난히 나이를 많이 의식하며 산다.
또한 30이 입立이니 40이 불혹不惑이니 해서 나이가 갖는 특징과
책임을 새삼 강조하기도 한다. 그러나 우리가 살고 있는 이 시대
의 속도는 너무 빠르면서도 너무 산만해서 기실 삼십에 자기의
뜻을 세우기立가 너무 어렵고, 사십대 또한 불혹不惑보다는 아직

144

도 혹或 때문에 더 많이 흔들리는 것이 사실이다. 그리하여 입이니 불혹이니 하는 말은 오히려 그러지 못한 자신에게 중압감만 가중시키고 있을 때도 많다. 더구나 오늘날은 나이 불문하고 모두가 더없이 젊어진 시대이다.

가을이 되면 우리들은 유난히 나이를 더 헤아려보게 된다. 아마도 가을이 주는 정서가 조락과 결실의 이중적 정서이고, 그 배경에 필연적으로 우수를 깔고 있기 때문일 것이다. 그렇다고 굳이 여자 나이 삼십, 사십을 따져서 무엇을 할 것인가. 지금껏 습관과 길들임에 의해 여자의 나이로 살아왔다 해도 이제부터는 진실로 인간의 나이를 살면 될 것이다.

'삼십 세 여자의 가을'이 아니라 그냥 '삼십 세의 가을'은 그러므로 인생의 가장 절정이요 바쁜 황금기가 될 것이다. 무엇이든 할 수 있는 세상의 기둥이 되는 것이다. 너무 젊어서 뽑은 호랑이의 풋수염이 아니라, 정신적으로 육체적으로 완벽한 젊음을 가지고 뽑은 날카로운 호랑이의 수염을 이 가을엔 손에 쥐어도 좋을 것이다.

공항에서 쓸 편지

여보, 일 년만 나를 찾지 말아주세요

나 지금 결혼 안식년 휴가 떠나요

그날 우리 둘이 나란히 서서

기쁠 때나 슬플 때나 함께하겠다고

혼인 서약을 한 후

여기까지 용케 잘 왔어요

사막에 오아시스가 있고

아니 오아시스가 사막을 가졌던가요

아무튼 우리는 그 안에다 잔뿌리를 내리고

가지들도 제법 무성히 키웠어요

하지만, 일 년만 나를 찾지 말아주세요

병사에게도 휴가가 있고

노동자에게도 휴식이 있잖아요

조용한 학자들조차도

재충전을 위해 안식년을 떠나듯이

이제 내가 나에게 안식년을 줍니다

여보, 일 년만 나를 찾지 말아주세요

내가 나를 찾아가지고 올 테니까요

나를 찾아

세상 밖으로

인생이 짧다는 것은 시간에 관한 얘기가 아닌지도 모른다. 인생은 단 한 번밖에 살 수 없는 유일성唯一性과 그리고 죽음으로 끝맺지 않으면 안 되는 유한성有限性에 있는 것이니, 결국 하나의 생生일 뿐 무엇과 비교하여 길고 짧은 것도 없기 때문이다.

기실 어떻게 보면 인생은 그리 짧은 것도 아니다. 만약 인생이 짧다면 그것은 무엇인가를 이루기에 짧다는 것일 뿐이다. 조금 철이 들어 무엇인가를 한 번 해보고자 하면 벌써 많은 시간과 기회가 무심히 흘러가버리고 난 뒤이니 말이다.

나의 삼십대는 어떻게 찾아왔던가. 어느 초여름 날이었다. 아직 원고료에 익숙지 못했던 나는 시를 써서 번 얼마 안 되는 돈이 하도 눈물겹고 신기하기만 해서 원고료를 받은 길로 정경화가 연주한 브르흐의 음반을 사버렸다. 그리고 그것을 옆구리에 끼고 쇼윈도 앞을 지나치다가 그만 얼어붙을 듯이 그 자리에 멈춰 서 버리고 말았다. 쇼윈도에 비친 어딘지 젊음이 막 가신 듯 피곤해 보이는 중년여자, 그녀가 다름 아닌 바로 나였던 것이다. 그날 밤 나는 깊은 충격에 빠져 쉽게 잠들지 못하다가 오랜만에 일기를 썼다.

"아니, 내가 서른이 되다니……."

아무리 생각해도 목이 막혀왔다. 지금 돌아보면 삼십대는 사람의 생애 중 가장 뜨겁고 당당하고 젊은 나이가 아닌가. 그러고 보니 나는 삼십대에 내 생애에서 가장 중요한 일대 변혁을 꾀했다.

바로 미국으로 유학을 단행한 것이다. 그때 그 결단으로 어떤 일면은 뒤죽박죽이 되었지만, 그래도 삼십대 초반을 뉴욕에서 보낸 것은 백 번을 다시 생각해봐도 내 인생의 행운이었다. 안일하고 무사해서 곧 부패의 냄새를 풍기기 시작하는 정신에 시원한 통풍의 역할을 해주고도 남았던 것이다.

나는 그때 이미 결혼해서 아이가 둘씩이나 딸린 주부이자 대학 강사였다. 그런 나에게 무슨 특별한 학구열이 뻗쳐서 그렇게 떠난 것은 아니었다. 더구나 나의 전공은 한국문학이었으므로 특별히 미국까지 가서 연구해야 할 어떤 필연성은 더더구나 없었다.

그러나 나는 떠났었다. 서툴고 불안정한 이십대가 아니라 당당한 삼십대였으므로……. 그렇다고 하더라도 지금 생각하면 무모하기 짝이 없는 일대 모험에 가까운 선택이었다. 솔직히 말해서 말이 유학이었지, 내심은 변화에의 강렬한 갈망이었고, 그것이 마침 뉴욕대학 대학원의 입학 허가서와 맞아떨어진 것이었다.

나보다 더 나의 유학에 앞장을 섰던 남편은 드디어 나에게 입학 허가서를 보여주며 이렇게 말했다.

"유학을 선물로 줄 테니 한 번 실컷 공부를 해보라고. 학위니 뭐니 하는 그런 강박관념 갖지 말고 작가답게 도전하고 체험해보는 거야."

나는 아이 둘을 이끌고 비장한 기분으로 뉴욕으로 떠났다. 세계에서 가장 신선한 곳, 자유혼이 살아 있고 눈부신 자극이 있는 곳, 그곳이 바로 뉴욕이 아니던가. 떠나기 전날 무슨 생각에서였던지 초등학교 6학년과 3학년이었던 아이들과 함께 파고다 공원에 가서 합창으로 '기미 독립 선언문'을 읽고 떠난 것이 지금 생각해도 웃음이 절로 나온다. 왠지 그때 나는 모든 것을 미친 듯이 때려치우다시피 하고 천둥벌거숭이로 비행기에 올랐다.

이십대를 온통 바쳐서 용케 마련한 잔디가 깔린 집과 안정된 생활, 비교적 순조로운 문운을 가진 시인을 모두 접어두고 황야를 헤매며 신선한 감동에 피 흘리고 싶었던 것이다. 그것은 예상대로 우리 생애에 다시는 되풀이할 수 없는 학창시절과 젊음에로의 완벽한 회귀였다.

나는 다시 학생이 되어 블루진을 입고 그리니치 빌리지의 카페를 기웃거렸고, 파졸리나와 타르코프스키와 고다르와 베르히만의 영화를 눈이 통통 붓도록 보았다. 어느 샌지도 모르게 도둑맞듯이 지나가버린 나의 이십대를 보상받기라고 하듯 팽팽한 젊음으로 아우성을 쳤다.

기실 이십대에 나는 많은 것을 겁도 없이 해치워버리고 말았다. 첫 번째가 시인이 되어버린 것이고, 두 번째는 덜컥 결혼을 해버린 것이다. 그리고 무엇보다도 두려운 것은 얼떨결에 두 아이의 엄마가 되어버린 것이다. 그런데 남편이 다시 나를 놓아주며 공부를 하라니! 아니, 생생한 체험을 하고 새로운 세계와 맞서 보라니……. 그렇다. 조금 순서가 뒤바뀐 감은 있지만 오히려 잘된 일인지도 몰랐다.

그러나 말은 멋지지만 그것이 가능한 일인가. 보봐르는 여성에게 '사랑'이나 '결혼'이라는 말은 아직까지도 여성의 아이덴티티를 교란시키는 것 같다고 진단했다. 현대 여성은 사랑이나 결혼이 결코 인생의 전부가 아님을 잘 알고 있지만, 사랑이나 결혼이라는 말은 왠지 여성의 아이덴티티를 동요시키는 주문과도 같은 반향을 여전히 갖고 있다는 것이다. 그 이유는 여성이 어중간한 자유 속에 있기 때문이다. 보봐르는 현대 여성은 사랑이라든가 결혼이라는 말을 축으로 인생을 정공법으로 공략해야 할 것인지, 아니면 약삭빠르게 돌아가서 배후에서 공략할 것인지 쉽게 단안을 내리지 못하고 망설인다고 지적했다.

그 당시 나는 얼떨결에 결혼을 축으로 정공법을 선택하여 가고 있었으나, 나의 내부에서는 미처 해결되지 않는 갈등과 좌절, 불리하고도 제한된 자유로 인하여 날마다 엄청난 아이덴티티의 교란을 겪고 있었다. 그리고 나에게 가장 아름다운 덫은 바로 아이들이었다.

"오오, 라훌라! (오오, 장애로다!)"

출가하려는 석가에게 새로 왕자가 태어났음을 알리자 석가가 내뱉었다는 말, '오오, 라훌라'를 나는 날마다 연발하며 아이들과 함께 뉴욕을 살아내었다. 나의 뉴욕에서의 2년 동안은 바로 제한된 자유 속에서 한 시인으로서 한 여성으로서 아이덴티티를 위한 질문과 해답을 동시에 실험해본 눈부신 기회였다.

아무튼 자기 자신의 소망을 따라 끝까지 따라가 보는 삶이야말로 가장 행복한 삶이 아닐까. 벌써부터 중년 흉내를 내면서 적당히 안정된 기득권에 편승해서 살기에 나는 너무도 삶을 치열하게 사랑하고 있었다. 무엇을 추구하는 삶, 열정으로 타오르는 삶이야말로 어린 시절부터 내가 꿈꾸어 오던 삶이 아니던가. 이러한 선택이 어떤 결과를 가져올 것인지, 그 인생의 대차대조표는 나중에 계산해도 늦지 않을 것 같았다.

결과적으로 뉴욕에서의 2년은 참담한 시도만으로 끝나버리고 말았다. 울고불고 방황하고 자극을 받기 위해 나는 완전히 떠돌이가 되다시피 했고, 정신적, 경제적으로 큰 상처를 입고 빈손으로 귀국길에 올라야 했다. 상인 같은 표현을 써보자면 손해는 거기에 머물지 않았다. 한국에 돌아와 보니 이미 많은 것이 바뀌어 있었다. 아니 많은 것이 서늘하니 등을 돌리고 돌아앉아 있었다. 나는 변두리 대학에 출강하면서 때마침 치열해진 민주화의 매운 최루탄 연기에 눈물을 철철 흘리면서 '다시 내 인생을 시작해보자'고 결심했다.

그 눈물 속에는 다시 돌아갈 수 없는 내 청춘에 대한 만가적인 감정도 있었지만, 그보다는 내가 너무 어리지도 않고 너무 나이 들지도 않은 뜨거운 삼심대라는 사실에 대한 감사함도 들어 있었다.

나는 이미 시간이란 무엇인지를 알아버렸다. 시간은 언제나 새 것이었다. 나이가 들어간다는 건 쓸쓸하고 슬픈 일이지만, 정신의 성숙 없이 육체만 늙어가는 것이 더욱 슬프다는 것도 알았다. 더구나 삼십대가 누리는 가장 든든한 부분은 아직도 실패할 시간과 기회가 남아 있다는 것이었다. 세상을 떠들썩하게 한 불멸의 예술가나 사업가 가운데는 삼십대에 시작한 사람들이 의외로 많다. 또한 성공한 사람의 자서전은 그 대부분이 실패의 기록으로 채워져 있다.

나는 다시 시작하리라. 그러나 이제는 방황이나 우왕좌왕보다는 나의 열정을 진실로 내가 원하는 곳을 향해 쏟으리라. 유목민은 길을 떠날 때 적당히 배고픔을 달랠 물이나 음식물 따위를 준비하지 않는다고 한다. 그 대신 배가 고플 때에 허기진 배를 꽁꽁 동여맬 가죽 허리띠 하나를 준비해서 길을 떠난다고 한다. 비장함 없이는 길을 떠날 수 없기 때문이다. 옛 성현이 아니더라도 삼십은 뜻을 세우는 나이다. 그리고 세운 뜻을 향해 천천히 대장정을 떠나는 나이다. 가슴속에 튼튼하고 질긴 나만의 가죽 허리띠 하나를 품고…….

나는 다시 시작하리라.

그러나 이제는 방황이나

우왕좌왕보다는

나의 열정을 진실로

내가 원하는 곳을 향해 쏟으리라.

먼 길

나의 신 속에 신이 있다
이 먼 길을 내가 걸어오다니
어디에도 아는 길은 없었다
그냥 신을 신고 걸어왔을 뿐

처음 걷기를 배운 날부터
지상과 나 사이에는 신이 있어
한 발자국 한 발자국 뒤뚱거리며
여기까지 왔을 뿐

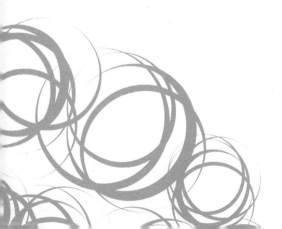

새들은 얼마나 가벼운 신을 신었을까
바람이나 강물은 또 무슨 신을 신었을까

아직도 나무뿌리처럼 지혜롭고 든든하지 못한
나의 발이 살고 있는 신
이제 벗어도 될까, 강가에 앉아
저 물살 같은 자유를 배울 수는 없을까
생각해보지만

삶이란 비상을 거부하는
가파른 계단

나 오늘 이 먼 곳에 와 비로소
두려운 이름 신이여! 를 발음해 본다

이리도 간절히 지상을 걷고 싶은
나의 신 속에 신이 살고 있다

벗어라,

금기의
신을

문신紋身은 시간의 허망감에 대한 가장 원형태의 도전이다. 아, 문신을 온몸에 새기고 싶다. 날카로운 바늘 끝에 피처럼 진한 색깔을 묻혀 온몸에 수놓고 싶다. 사랑한다고. 혹은 신神의 문자인 '영원히'라는 말을 꽃잎처럼 예쁘게 가슴에다 팔에다 새겨 넣고 싶다.

신록이 아름다우면 아름다운 대로, 하늘이 눈부시면 눈부신 대로, 아니 사랑의 순간이 달콤하면 달콤한 대로 몸이 떨리듯이 밀려오는 허무함에 나는 숨이 막혔다. 시간의 포만飽滿과 그것이 밀려가고 난 후에 어김없이 밀려오는 부식腐蝕의 허무함. 그것은 언제나 생生의 명제처럼 나를 슬프게 따라다닌다.

어이하랴. 꽃잎처럼 아프고도 찬란한 문신을 전신에 새긴들 어이하랴. 그 몸 또한 시간이 밀려가면 어느 날 꽃잎 지듯 지고 말 것을……. 이 허망함에 도전하는 최후의 몸짓으로 나는 시詩를 새긴다. 생명의 즙을 짜내어 시간의 그 절대한 힘을 펜촉에 알알이 묻혀서 영혼의 비단을 짜는 것이다.

혼魂의 공간에 새기는 문신. 이것이 나의 시를 쓰게 하는 날개 짓이다. 상투적으로 흘러가는 일상 속에서 영혼의 즙은 짜내어지지 않는다. 똑같은 아침, 똑같은 저녁, 그리고 세속적인 안락 속에서 절대한 힘의 시간은 과거를 거부한다. 남편을 기다리고, 아이를 기르며, 잔재미의 늪에 빠져 식기를 닦다 보면 영락없이 시간은 그녀를 한낱 중년 여자로 대접하고 만다. 베아트리체나 사포를 아무나 열망해서는 안 된다는 것을 단숨에 보여주고 만다. 그렇다고 기발한 삶, 자초한 불행 속에서만이 시인과 예술이 존재한다는 것은 아니다. 무엇보다 자유로워야 한다. 자유를 쟁취함에는 피와 상처를 각오해야 한다. 상처를 겁내는 사람은 자유를 누릴 자격이 없다 하겠다. 용기 있는 사람만이 자유인의 자격이 있는 것이다.

일상적인 안락을 꾀하면서 자유와 창조를 동경하는 괴리와 갈등속에 나는 허우적거리고 있다.

나는 부자유하다.
나에게는 실로 금물禁物뿐이다.
부자유한 창작인.
금물과 금기로 둘러싸인 불구不具의 시인.
그 공간 속에 나의 자화상은 놓이게 된다.

이유가 어디에 있건 우리의 역사와 현실은 제한된 표현 속에 한국의 시인과 작가를 살게 했다. 제한된 초점, 제한된 목소리, 그

불행한 함정 속에 빠져서 우리는 키가 크고 뼈가 자랐다.

중국의 성현은 국가불행시인행國家不幸詩人幸이라 하여 국가나 민족이 처한 불행한 사태나 상황은 때때로 그 민족의 시인에게는 좋은 창조의 바탕과 소재가 된다지만, 어떤 위로와 합리화로도 표현의 한계를 시인의 비극이 아니라고 말할 수는 없을 것이다.

혀가 잘린 새, 날개가 부러진 새는 이미 새가 아니라 병신일 뿐이다. 거기에다 세상 사람들이 만든 도덕의 거미줄과 풍속의 거울 속에 사는, 한 남자의 아내로서 나는 모든 감각과 정서가 온통 부자유로 묶여 있다. 혼자만의 여행, 미지의 사랑에 대한 동경, 젊음의 시선과 장미꽃과 와인, 혹은 더운 숨결, 원시에의 표출. 이런 것을 조금이라도 드러냈다가는 영락없이 부도덕한 여자, 채털리 부인, 주홍글씨의 주인공이 되는 것이다.

어른이 된 이후 나는 물을 크게 틀어놓고 샤워를 할 때마다, 내혼 속의 자유와 열망과 아름다운 감각의 빛이 빨강, 파랑, 하양의 물줄기가 되어 나의 죽음보다도 먼저 지하의 땅 깊이 스며들어 간다고 착각했다.

"아, 아름다운 사랑!"

만약 내가 낮 동안 그런 것을 꿈꾸었다면 그 생각은 어김없이 밤 샤워의 물줄기 속에 씻겨나가야 하는 것이다. 씻기고, 씻기고 죄도 없이 이 자유에의 동경을 죄를 씻듯이 씻어버리고 나면, 거기에는 그럴싸한 정숙한 여인이 홀연히 남아야 하는데 기실은 그렇지 않았다.

약삭빠른 위선자. 정상인의 얼굴을 하고 일상의 늪에 빠져서 소비에 희희낙락거리는 진부한 일상인이 거기 남아 있던 것이다. 창의력도 없고 모험의 비릿한 신선함도 없는, 지폐와 식기와 메뉴만을 기억하는 맹목적인 뚱뚱한 여자가 서 있는 것이다.

비극이었다. 시인은 죽고 무감동한 중년 여자가 대신 살아남아 있는 비극, 그럼으로써 세상이 무사히 유지되고 있는 아이러니……. 그 속을 나는 갈등하며 허우적거리며 살고 있었다. 잠시 시인이었다가 어김없이 보통여자로 돌아오는 이중의 궤적, 백조가 된 아홉 왕자를 살리기 위해 밤마다 가시풀로 옷을 짜는 공주처럼 나의 손톱은 언제나 피투성이였다.

시는 지성知性 위에서 소생하는 꽃이다. 지성의 산출은 물질의 보조 위에서만 가능해진다. 독방이 없는 시인. 독방은 없고 안방만 있는 시인. 이 불쌍한 시인을 안방에서 구출하기 위해서는 또 하나 자유 말고도 물질의 보조가 절대로 필요한 것이다.

시인과 물질! 그러나 대부분의 시인들은 스스로 독방으로 인양되기 이전에 그만 물질과의 치열한 싸움, 물질이 파놓은 함정에 익사하고 마는 것이다. 싸우면서 뱉어놓은 정신의 문신을 사리와도 같이 한두 알 남기기도 하지만, 익사한 시인은 그대로 비극이 된다. 나는 지금 세금고지서가 걸려 있고, 밥상이 놓여 있는 안방에서 나와 독방으로 가고자 생명을 다해 허덕이고 있다.

독방은 나의 세계, 나의 정부이다.

아무래도 익사할 것만 같다.

숨이 가빠온다.

오, 자유와 물질.

가시

어 머 니

나는 가시였어요
당신의 생애를 찌르던 가시

당신 떠난 후
그 가시 나를 찔러요
내가 나를 찔러요

어 머 니

슬픈 그리움이

나를
찌르고

어머니가 돌아가시고 한 달쯤 지난 어느 날이었다. 조금만 건드려도 돌연히 참았던 눈물이 터져버릴 것 같아 오빠와 나는 애써 담담함을 가장하며 어머니의 유품을 정리하고 있었다.

기실 유품이랬자 어머니 자신의 것으로는 옷가지 몇 벌뿐이었다. 말하자면 어머니가 간직하고 계셨던 것들은 거의 오빠와 나와 연관된 것들이었다. 30여 년 전 오빠가 대학에 갓 입학해서 썼던 모자라든가 그동안 우리들이 받았던 상장들이 고스란히 있는가 하면, 유학을 마치고 돌아올 때 사다드린 바늘쌈과 코티분이 아직도 새것 그대로 간직되어 있었다. 그리고 내가 진명여고 3학년 때 출간한 첫 시집《꽃숨》에는 풋풋한 미소를 머금은 그때 그 여고생 딸의 사진 한 장이 끼워진 채 분홍색 명주 보자기에 고이 싸여 있었다.

숲과 바위틈을 뒤져가며 보물찾기를 하는 소풍 나온 아이들처럼 어머니의 유품은 오빠와 나의 보물찾기와도 같은 소중한 추억 찾기였다. 유품을 하나하나 펼 때마다 가슴이 저미는 아픔과 함께 거기에 얽힌 추억과 그리움을 오빠와 나는 작은 탄성으로 삭여야만 했다. 그러나 금방이라도 어머니의 목소리가 곁에서 들리는 것 같아서 목젖이 자꾸만 떨리곤 했다.

그런데 옷장 아래 서랍을 정리하다 말고 오빠가 잠시 말을 잃었다. 고슬한 모시 치마나 풀이 빳빳한 여름옷들 속에서 한쪽 다리가 부러진 안경 한 개를 꺼내어 손에 들고 있었던 것이다. 언젠가 한 번쯤 본 것 같았지만 생소한 안경이었다.

"이게 뭔 줄 아니?"

내 대답을 미처 들을 겨를도 없이 오빠는 이미 그 안경을 얼굴에 걸쳐보고 있었다. 언뜻 보면 앙증맞은 마이클 잭슨 안경처럼 보였으나 실제로 그것은 유리알이 몹시도 둔탁하여 뿌연 회색빛이었다.

흐린 유리알 속에서 오빠의 눈빛이 순간 젖어들고 있음을 나는 분명히 목격했다. 그는 이제 세계 곳곳을 누비는 외교관이 되었지만 그 안경을 끼고 나를 향해 애써 웃음을 띠고 있는 그에게선 어머니의 기도 속에서 등장하는 집 떠난 어린 아들의 모습이 생생했다. 안경은 몹시 낡고 초라한 것이었지만 볼수록 재미있었다. 일제시대의 가미가제를 그린 영화에서 보았던 나카무라 일등병이 쓴 안경 같기도 했다. 오빠는 감회어린 표정으로 한쪽 다리에 무명실을 매달아놓은 그 안경을 벗을 생각도 하지 않았다.

"이 안경은 내가 초등학교 1학년 때 눈병에 걸렸을 때 읍내 의사가 특별히 씌워준 것이다. 이래봬도 이 유리가 수정이어서 참 시원하지. 눈의 열을 식혀주는 역할을 한단다."

오빠가 건네주는 안경을 받아 반사적으로 그것을 써 보았다. 유리알이 워낙 흐린 회색빛인데다 무겁기까지 해서 갑자기 세상이 슬프고 갑갑하게 느껴졌다. 나는 눈물이 조금 나오려는 것을 간신히 안경으로 가리다가 조금 후에 벗어서 오빠에게 건네주었다.

"그러니까 그때부터 오빠는 눈이 나빠진 거로군요."

나는 오랜 안경잡이인 오빠를 새삼 바라보았다. 하지만 오빠의 안경은 언제나 공부 잘하는 수재의 상징으로 느껴졌지 않은가.

"정말 우리 어머니는 참 지독한 분이시지? 가만있자. 이게 얼마나 오래된 것인가……."

오빠는 이 안경이 무려 40년이 넘은 거라고 했다. 안경치고는 제법 오래된 골동품인 셈이었다. 그러고 보니 안경이란 눈을 잘 보이게 하는 역할 말고도 눈의 열을 식혀주는 보호와 치료의 역할을 한다는 것, 그리고 그 시대에 벌써 그런 것이 있었던가 하는 생각이 동시에 들었다. 어린 자식이 눈병이 났을 때 그 눈의 열을 식혀주었던 안경을 40여 년 간이나 고이 간직해 온 어머니에게 그 안경은 단순한 안경이 아니었을 것이다. 그것은 어머니에게 하나의 고귀한 사랑의 상징이었고, 결국 자식으로 하여금 세상을 밝게 보도록 도와주는 투명한 기도와 같은 것이었다.

오빠는 다리 부러진 안경을 소중히 싸서 자신의 가죽가방 속에 넣었다. 아마도 임지인 저 먼 나라로 가지고 갈 셈인 것 같았다.

"오빠, 그 안경을 이젠 그만 버리세요."

나는 용기를 내어 오빠에게 말했다. 그토록 아끼던 사랑하는 사람마저도 결국 차가운 땅속에 묻을 수밖에 없다는 것을 체험하고 난 후에 극도의 허무감에서 나온 말이었다.

"그렇지. 결국은 다 부질없는 짓일 거야."

그러나 오빠는 그것을 가죽가방에서 다시 꺼내지 않았다. 그 돌안경이 어찌 단순한 물건일 수 있으랴.

그로부터 또 10여 년이 흘렀다. 금년 가을 모처럼 외국 생활에서 돌아온 올케로부터 오빠가 아직도 한쪽 다리가 부러진 그 돌안경을 고이 간직하고 있다는 얘기를 들었다.

"오빠는 아버지가 쓰시던 작은 옷솔 하나와 그 돌안경을 여전히 아끼고 자주 꺼내 보곤 한다우."

올케는 담담히 말했으나 내 가슴엔 순간 서늘한 가랑비가 지나갔다.

어머니에게 그 안경은

단순한 안경이 아니었을 것이다.

그것은 어머니에게

하나의 고귀한 사랑의 상징이었고,

결국 자식으로 하여금

세상을 밝게 보도록 도와주는

투명한 기도와 같은 것이었다.

식기를 닦으며

식기를 닦는다.

이 식기를 내가 이렇게
천 번을 닦아
이것이 혹은
백자가 된다면
나는 만 번을 닦으리라.

그러나
천 번을 닦아도 식기인 식기
일상이나 씻어내는 식기인 식기를 닦으며
내 젊은 피 닳히고 있느니

훗날 어느 두터운 무덤 있어
이 불길 덮을 수 있으랴

기다림 후에

오는 것들

어찌하여 계절의 시작이 봄인지 모르겠다. 계절은 겨울로부터 시작해야 마땅할 것만 같다. 암울한 겨울, 그러면서도 은밀한 계절, 안으로 안으로 침잠하는 계절. 그 겨울은 바로 죽은 가지에서 싹을 틔우며 봄을 필연적으로 오게 하는 계절의 시초가 되는 것이다. 찬란한 봄을 맞이하기 위하여 겨울의 인종忍從이 필요했듯이 여인의 생을 돌아보면 8할이 겨울이라고 해도 과언이 아니다. 기다림의 일생. 기다리고, 기다리고 수천 번 기다리고   . 용서하고, 용서하고 수천 번 용서하는 여인의 일생. 그 뒤에 오는 작은 행복 하나를 위하여 눈물겹게 고뇌를 삭여야 하는 것이 바로 여인의 일생이다.

겨울이면 나는 언제나 진지해진다. 표정도 무거워지고 작은 일에 부딪쳐도 쉽게 외로워한다. 그렇지만 지치진 않는다. 머지않아 봄이 올 테니까. 그래서 나는 겨울이면 늘 편지를 쓰고 싶다. 길고 긴 편지. 쓸데없는 얘기라곤 단 한 줄도 섞지 않고 진지하고 눈물겨운 진실함으로 가득 채운 편지를 쓰고 싶다. 겨울엔 아마 어쩔 수 없이 나이를 한 살 더 먹어야 하기 때문에 이러는지도 모르겠다.

겨울바다는 쓸쓸해서 좋다. 한없이 외롭고 버려진 곳이어서 좋다. 나는 매섭게 부는 바람에도 마음을 조금도 꺼내놓지 않고 더욱 안으로 안으로 움츠리며 집으로 돌아온다. 겨울바다에서 나부끼던 노을은 오랫동안 내 마음에서 붉게 나부낀다. 그 빛깔처럼 고운 보석을 사서 누구에겐가 선물하고 싶다. 그 사람이랑 만나서 뜨거운 차를 마시고 싶다. 두 발이 꽁꽁 얼도록 거리를 걷다가, 육중한 찻집의 문을 밀고 들어가서 쓰고 향기로운 커피를 마시고 싶다. 커피 향기 속에서 오랜만에 삶의 희열을 느끼고 싶다. 아, 나는 새 옷을 사고 싶다. 드디어 봄이 오기 시작한 것이다. 검고 무거운 코트를 훌훌 벗어버리고 예쁜 블라우스를 입고 싶다. 아무래도 자신이 없어서 늘 피해왔던 분홍 빛깔이며 노란 빛깔도 봄엔 모두 어울린다.

나는 긴 머리를 자른다. 아까움도 없이 겨울의 무력과 권태를 자르듯이 싹둑싹둑 잘라버린다. 누가 봄을 희망의 계절이라고 노래했을까. 봄은 슬픔의 계절인 것만 같다. 산에서 우는 새의 울음에서 소생의 기쁨을 느낀다. 그러나 그것은 영랑永郎의 봄처럼 '찬란한 슬픔'이 되어 나를 울린다. 맑고 깨끗한 햇빛 속에 서서 나는 기지개를 켜고 다시 한 번 살아 있음을 실감한다. 봄에는 왠지 고무풍선처럼 터져버릴 것만 같은 부푼 설렘 속에서 산다.

꽃을 심자. 여인보다 더 예쁘고 여인보다 더 슬픈 생의 꽃 하나 심어 그 꽃의 개화를 바라보자. 자연의 이치가 한데 밀려와 곧잘 콧마루가 찡해온다. 단순히 감상적인 것만은 아닌, 우주의 섭리가 한꺼번에 아무 논리의 계단도 밟지 않고 문득문득 다가드는 계절이 바로 봄이다.

돌담 밑에도 봄은 무섭게 도사리고 있다. 손톱보다 더 작은 오랑캐꽃이 크고 육중한 바위를 밀치고 피어나는 것이다. 나는 너무나 눈물겨워 오랫동안 그 풀꽃 앞에 앉아 있다. 봄은 참으로 생명이라는 단어와 가까운 계절이다. 젊은이들이 진한 감정을 주체 못하여 자살을 생각하는 것도 생명의 계절 봄이다. 봄에는 아무런 언어도 걸치지 않고 온몸으로 살고 싶다. 우리의 생명이 눈부시고 뜨겁듯이 온몸으로 타오르고 싶은 것 또한 봄의 충동이다.

아무래도 봄에는 가슴이 마구 설렌다. 그러나 봄은 아쉽게도 너무 빨리 끝나버린다. '아, 봄이 왔구나!' 하는 감탄사가 미처 끝나기도 전에 봄은 서서히 그 훈훈한 꼬리를 감춰버린다. 그리고 어느새 뜨거운 여름이 성큼 곁에 와 서 있는 것을 본다.

여름은 호사스러워 좋다. 윤기 나는 등허리에서 솟아나는 땀방울도, 내리쬐는 폭양도 모두 호사의 극치이다. 조개껍질을 꿰어 목에 걸고, 대담한 무늬의 비치웨어를 입고 밤새도록 바위에 앉아 기타를 치고 싶다.

소녀시절의 여름. 최초로 자신이 여성임을 확인했던 핑크 팬티를 입던 그때. 자신이 이브의 후예임을 확인하고 마지못할 감동에 흐느꼈던 그 풀냄새의 계절이 바로 여름이다. 밖에선 밤새도록 사람들의 대화가 끝나질 않고, 누군가 잠들지 않고 퉁겨대는 만돌린 소리가 한여름을 내내 장식하고 있다.

어디론가 떠나고 싶다. 스산하고 서러운 여행이 아니다. 풍요하여 질식할 것만 같은 이 문명의 폭양 속을 떠나고 싶다. 그러나 갈 데라곤 없다. 가는 곳마다 사람으로 널려 있기 때문이다. 나는 이런 때 집에 앉아서 어머니가 주신 모시옷을 손질한다. 치자 물 들인 모시옷에서는 그 옛날의 봉선화꽃 냄새가 난다. 한동안 그리운 추억 속에 앉아 있으면 바다에 간 사람들에게서 엽서가 날아온다. 소금 냄새도 조금 나고, 산 냄새도 조금 나는 엽서에서 나는 여름의 현장을 맛보는 것이다.

나도 어딘가 가기는 가자. 나는 외출 준비를 하고 올림픽 경기장으로 가서 여름밤의 축구를 구경한다. 진초록 빛 그라운드 위에서 빨간색 유니폼의 선수들이 신나게 공을 찬다. 텔레비전으로 보는 것과는 또 다른 묘미다. 작은 공 하나의 움직임에 따라 이리저리 쏠리는 삼만 관중의 육만 개의 눈동자. 그리고 저 청남 빛 여름 하늘과 사이좋게 어깨동무를 하고서 콜라를 마시고 앉아 있는 젊은 연인들.

나는 일어선다. 그렇다. 여름은 나에게 있어 숨길 수 없는 뜨거움의 계절이다. 감출 것도 또한 더 이상 내놓을 것도 없이 그저 있는 그대로의 여름. 그래서 나는 여름을 사랑하는 것이다.

흔히 가을을 남자의 계절이라고 한다지만 가을은 또한 의미의 계절이다. 결실과 낙엽을 동시에 받아들여야 하는 가을은 많은 것을 생각하게 한다. 아, 나는 내 인생의 가을에 무엇을 거둘 것인가. 하얗기만 한 이 손으로 내가 실천해야 할 진리는 무엇인가. 가을은 사색과 고뇌의 계절.

이제 여행 가방을 싼다. 1년 내내 벼르던 여행을 이번엔 진짜로 가는 것이다. 저 무서운 추위가 오기 전에 떠나야겠다. 그리고 나는 기다릴 채비를 해야겠다. 모진 겨울을 나면 봄이 오듯이 내 본연의 삶으로 돌아와 기다리는 가을 여인이 되어야겠다. 여름의 방황도, 뜨거움도 멀리멀리 보내버리고, 저 낙과落果의 이치를 새겨봐야겠다. 나는 되도록 예쁘게 치장하고 단풍으로 찬란해진 산으로 가야겠다. 이 여행에서 돌아오면 여름내 숨겨두었던 촛대를 닦고 불을 붙여야겠다. 그리고 그 앞에 경건히 앉아 기도를 드려야겠다. 헌 내의를 깁듯이 내 내면의 허름한 곳을 기워야겠다.

참으로 우리의 일생이란 무엇인가. 이 가을의 찬란한 저 낙엽처럼 저렇게 계절 따라 옷만 갈아입다 끝나야 하는 것인가. 기다림의 일생. 그 혼돈의 사계 속에서 우리는 바다처럼 한 알의 영롱한 진주를 뱉어놓을 수는 없는 것인가.

갈대 숲을 지나며

처녀 시절이여, 안녕
나에겐 증거처럼
웨딩드레스를 입고
수염자리 의젓한 신랑의 팔을 끼고 서 있는
한 장의 결혼 사진도 있지만

이상도 하지
나는 한 번도 결혼한 여자가 아니었네
유부녀는 더구나 아니었네

방목해서 키운 튼튼한 아이들
넉넉한 평수에 편리한 부엌의 안주인
그럼에도 불구하고
나는 언제나 처녀였다네

집안에서 잠시 아내이다가
현관문을 나서면
어김없이 다시 처녀가 되었지

사람들은 모르지
세상엔 결혼한 여자가 없다는 것을
모든 여자가 독신이라는 것을

세상이 가진 자로는
재어지지 않는 넓이와 크기 때문에

할 수 없이
웨딩드레스 입고 사진 찍은 여자를
결혼한 여자라 묶어 버릴 뿐이지

모든 여자는

결혼한
독신이다

유명하다는 것은 분명 기분 좋은 축복이지만, 자칫 왜곡된 허상에 사로잡혀서 본질을 놓쳐버리는 함정에 빠질 수도 있다. 예를 들어 많은 사람들에게 알려짐으로써 다분히 대중적인 취향에만 맞게 변질될 때가 있는 것이다.

우리에게 연극 〈위기의 여자〉로 잘 알려진 철학자 시몬느 드 보봐르가 바로 그 예가 될 것이다. 보봐르를 주로 여성해방을 주창한 학자로만 알고 있는 나머지 그녀의 탁월한 지성과 철학을 간과하는가 하면, 사르트르와의 계약결혼을 운운하며 그녀의 개인적인 삶에 대한 호기심만으로 그녀를 바라보기도 한다. 그녀의 유명한 저서 《제2의 성》을 떠올리며 '여자는 태어나는 것이 아니고 길들여지는 것이다'라는 명구에 사로잡혀 더 깊은 그녀의 사상을 놓쳐왔던 것 또한 사실이다.

연극 〈위기의 여자〉를 관람하면서 보봐르를 알게 된 많은 여성들은 그녀를 억울한 여성을 대변한 여성작가 정도로만 이해하는 것은 좀 난감하지 않을 수 없다. 어쩌다가 그 연극을 두 번이나 본 나로서는 그때마다 만당滿堂의 객석에서 흘러나오는 관객의 반응과 한숨 소리에 실로 고소를 금치 못했다. 결국 보봐르의 연극 〈위기의 여자〉의 흥행은 보봐르에 대한 이해나 여성해방에 대한 관심보다는 그저 멜로 드라마적인 해석이 주된 요소였던 것이다.

가령 남편이 새로 여자가 생겼음을 고백했을 때 객석에서는 대뜸 '아유, 저런 뻔뻔한 인간!' 하는 분노의 숨소리가 높았고, 극에서 여자 혼자 남게 되었을 때 모두가 자기 일인 양 발을 구르기도 했다. 결국 누구의 아내나 누구의 어머니로서가 아니라 자기 스스로 홀로 일어서는 이야기가 그 주제이지만, 누구도 그 뼈아픈 각성에 대해서는 주목하거나 의미를 부여하는 것 같지 않았다.

보봐르는 여성의 비겁과 용기 없음에 대해, 그리고 비이성적이고 유아적인 사고에 대해 철저히 분석하고 비판했다. 여성에 대한 사회적 편견을 향해 누구보다도 단호했던 보봐르였지만 아울러 여성의 내면에 숨겨진 안일과 비겁과 굴종에 대해서도 냉정히 분석했던 것이다.

여행과 글쓰기와 독서, 그리고 대화를 사랑했던 보봐르는 내가 기억하는 한, 금세기 가장 아름답고 매력적인 여성이다. 그녀의 삶과 철학을 분석한 책들 중에서 다만 성차별 철폐론자로서의 보봐르가 아닌, 자기를 확립한 여성으로서의 보봐르에 초점을 맞춘 책《철학은 여자를 변하게 한다》를 재미있게 읽은 적이 있다. 일본 사람 특유의 감각으로 분석해낸 이 책은 저자가 철학 교수라고 해서 딱딱하다거나 본격적인 문체를 사용한 것은 아니었다. 오히려 가볍고 실감나게 오늘날의 사회 현실과 여성의 의식에 맞게 해석하고 의미를 부여함으로써 더욱 보봐르를 우리 가까이 다가서게 한다. 우선 보봐르는 누구보다도 행복해지는 법을 잘 알고 있었다. 아니 그녀는 선험적으로 행복해지는 재능을 타고난 것 같았다.

남자와 여자의 문제나 모성애에 대한 그녀의 철학은 오늘날의 여성들에게도 시사하는 바가 크다. 흔히 우리는 모성애라든가 어머니의 은혜에 대해서 '하늘보다 높고 바다보다 깊은 것'이라고 알고 있다. 그러나 보봐르는 다음과 같이 명쾌하고 냉정하게 분석했다.

"연애를 하는 여자처럼 어머니는 자기가 자녀에게 필요한 존재란 것을 느끼게 되면 기뻐서 어쩔 줄을 모른다. 그녀는 자녀에 의해 강력히 요구된다는 사실에 의하여 존재 이유를 얻으며 그 요구에 기꺼이 응한다. 그러나 모성애가 내포하고 있는 문제점과 위대함을 이루는 것은 그것이 상호성 위에 서 있지 않다는 것이다."

또한 남자는 강하고 여자는 약하다는 고정관념을 철저히 배격했던 보봐르는, 그런 고정관념이야말로 여자를 게으르게 만든다고 지적했다. 자유란 필사적으로 추구하고 그 방해 세력과 치열하게 대결하는 사람에게만 부여된다는 것이다. 따라서 그런 반가치 충동에 매달려 있는 사람에게는 자유가 부여되지 않는다는 것이었다. 그런데 남자아이는 어른이 되는 과정에서 자존심을 걸고 스스로 자기 자신을 단련하도록 교육받는 데 반하여 여자아이는 인형처럼 예쁘고 사랑스럽고 얌전할 것을 요구받는다는 것이다.

특히 더 주목하는 것은 보봐르의 연애였다. 사르트르와의 만남을 필연적인 만남이라고 흔히들 말하지만 여성 편력이 심했던 사르트르, 그리고 보봐르의 연애를 우리는 어떻게 해석해야 하는가. 그들에게는 연애도 하나의 유니크한 창조였다.

행복해지는 능력을 지녔던 보봐르는 젊어지는 능력도 아울러 지니고 있었다. '문제는 젊다는 사실보다도 다시 젊어지는 능력이 중요하다'고 말한 그녀는 여기서 다시 젊어지는 능력이란 그 사람의 아이덴티티의 활발함이라고 주장했다. 또한 나이 든 사람이 직면하는 상황을 '한정된 미래와 응결된 과거'로 분석하고, 과거에 집착하지 않는 인간을 만드는 방법은 매우 간단하다고 지적했다. 그것은 노년기에 이르러서도 계속 하나의 뚜렷한 인간으로 존재하는 것이며, 이를 위해서 전 생애를 통하여 항상 인간으로서 대접받기 위해서 치열하게 노력하지 않으면 안 된다는 것이다.

결혼, 나이, 정열, 자기성 등에 대한 보봐르의 사상을 하나하나 살펴보면서 한결같이 느끼는 것은 결국 우리들의 삶은 불꽃처럼 고독한 축제일 수밖에 없다는 것이다. 철저히 홀로 서서 불꽃처럼 타오를 수밖에 없는 운명! 이를 위해서 먼저 우리는 고독부터 배워야 할 것이다. 그리고 그 누구의 무엇이 아니라 철저히 자기 자신이 되어야 할 것이다.

중년 여자의 노래

봄도 아니고 가을도 아닌
이상한 계절이 왔다

아찔한 뾰족구두도 낮기만 해서
코까지 치켜들고 돌아다녔는데

낮고 편한 신발 하나
되는 대로 끄집어도
세상이 반쯤은 보이는 계절이 왔다

예쁜 옷 화려한 장식 다 귀찮고

숨 막히게 가슴 조이던 그리움도 오기도

모두 벗어버려

노브라 된 가슴

동해 바다로 출렁이든가 말든가

쳐다보는 이 없어 좋은 계절이 왔다

입만 열만 자식 얘기 신경통 얘기가

열매보다 더 크게 낙엽보다 더 붉게

무성해 가는

살찌고 기막힌 계절이 왔다

독창적인

미모를
위하여

어린 시절, 나는 내 얼굴이 꽤 예쁘게 생긴 줄 알았다. 그도 그럴 것이 나는 어머니가 마흔두 살에 낳은 막내 고명딸인데다 사촌들까지 합해서 오빠들만 많은 가운데서 자라났기 때문이었다.

학교에 가도 이런 착각은 마찬가지였다. 손이 까맣고 무명옷에 검정 책보를 허리에 맨 아이들 속에서 나는 모카신을 신었고 간단꾸라는 원피스를 입었으며, 가죽가방에 딸기무늬가 새겨진 비옷을 입었으니까. 그런데 그 착각이 슬그머니 깨진 것은 도회의 큰 학교로 전학을 가면서부터였다. 전학을 가자마자 음악 선생님이 나에게 학교 합주부의 지휘를 맡겨주었는데, 그 어느 아이도 내가 예쁘다고 생각하는 것 같지 않았다.

사춘기에 접어들면서 나의 외모에 대한 자부심은 열등감으로 바뀌기 시작했다. 나는 내 얼굴을 싫어했다. 너무 평범한 것 같았기 때문이다. 게다가 광대뼈가 나온 것 같았고, 쌍꺼풀이 진 것은 그렇다 치더라도 볼우물이 들어간 것도 신경질이 났다. 볼우물이 들어간 여자는 행실이 단정치 못하다는 누군가의 말이 자꾸만 떠올랐던 것이다. 거기다 허리가 가늘지 못한 것은 너무 속상한 일이었다.

내가 다니던 여학교에 '정건상'이라고 하여 자세가 바르고 미모가 출중한 학생을 뽑아 상을 주었는데 불행히도 나는 단 한 번도 그 후보에 뽑히지 못했다. 한번은 학교에서 '미스 건치'를 뽑았는데, 기가 막히게 인혜라는 친구가 내 이름을 크게 불러 추천하는 바람에 질겁하는 척했지만 속으론 조금 기뻤던 기억도 난다. 그러나 하필 '미스 건치'라니……. 이빨이 튼튼하니 많이 먹고 뚱뚱 콤플렉스를 키워나가라는 얘기 같아서 생각할수록 기가 막혔다. 더구나 나는 그때 '미스' 어쩌고 하는 것을 괜히 혐오하고 있었다.

좌우간 나는 미모가 아니었다. 대학 때는 워낙 여학생이 몇 명 안 되는 속에서 희소가치를 누리며 잔뜩 잘난 체를 했지만, 사실 그것은 외모 때문이기보다는 그저 희소가치를 톡톡히 누린 것에 불과했다. 또 시를 쓴다는 사실에 누구나 그냥 조금 호기심을 가져준 것뿐이었다.

그런데 이 어인 일인가. 생애에서 가장 아름답다는 처녀시절이 끝나기가 무섭게 나의 몸무게는 마구 늘어나기 시작했다. 앉았다 일어나면 두 눈에서 무수한 별이 떨어질 정도로 밥을 굶어보기도 했지만, 내 허리는 날로 굵어가는 것이 아닌가. 처음엔 몹시 신경을 쓰고 여러 가지 노력도 기울여 보았지만 결국 나는 두 손을 들고 말았다. 이제 미모니 외모니 하는 문제에서 완전 은퇴를 할 판이었다.

그러던 어느 날 기막힌 생각에 홀로 쾌재를 질렀다. 나의 가장 못난 부분을 가장 돋보이게 강조해보자는 생각이 들었던 것이다. 가령 굵은 허리를 억지로 조이기보다는 오히려 커다란 벨트를 매어 더욱 강조하고, 아무리 정리해도 더풀거리는 머리카락을 자유롭게 맘껏 풀어헤쳐 버렸다. 희한하게도 그것은 기분 좋은 변화였다.

이제 적어도 외모에 관한 한, 나는 너무나도 편하고 자유로워졌다. 내가 가진 것을 스스로 인정하고 그대로 적극적으로 사랑해주는 것은 나뿐만 아니라 보는 이에게도 의외의 효과를 내고 있었다. 그러다보니 뚱뚱한 허리는 물론이고, 어느 겨울날 눈 위에 신고 나간 은빛 샌들도 나를 기분 좋게 만들었다. 또 오월의 샌프란시스코 공항까지 입고 간 핑크빛 블라우스에 분홍색 부츠는 남이야 뭐라던 나의 여행 기분을 한껏 고조시켜주는 이상한 역할을 하기도 했다. 소설 쓰는 예쁘고 날씬한 한 선배는 '아! 너를 보면 나는 언제 저렇게 한번 뚱뚱해 보나' 할 정도로 내 거구가 부럽다고 재치를 부리기도 했다.

고심참담 끝에 얻은 것이긴 하지만 자신감과 당당함, 그 이상의 아름다움이 어디 있으랴. 하긴 루벤스 그림에 나오는 통통한 살결의 아름다움은 그 무엇에도 비길 수 없는 황홀한 미가 아니던가. 더구나 날씬하고 마른 여자가 아름답다는 것 또한 불필요한 고정관념이다. 뚱뚱한 여자도 얼마든지 아름다울 수 있는 것이다. 자연스럽게 세월의 그림자를 드리우고, 물리적 연치年齒가 보일 만큼 정신의 연치도 보인다면 그것이야말로 최상의 미모이리라.

나는 적어도 건강을 위해서라면 모르지만 오로지 날씬해지기 위해서는 절대로 굶거나 혹은 다른 방법을 써가며 호들갑을 떨지 않겠다. 더구나 젊어 보이려고 억지로 옷을 조여 입거나, 화장으로 요란을 떨지 않음도 물론이다. 그로테스크한 아름다움을 자랑하던 여류감독 니나 베르튜뮬러나, 아테네 항구에서 부두 노동자들과 악수를 나누며 노브라의 가슴을 출렁이던 그리스 문화상 메리나 메리큐리, "목에 칼이 들어와도 저건 가짜다"라고 남도 사투리로 당당하게 소신을 밝히던 천경자의 아름다움은 얼마나 황홀하게 눈부신가. 그런 의미에서라면 나는 아직도 더욱 나만의 미모가 되고 싶을 뿐이다. 불가에서 우리의 육신은 영혼이 잠시 빌려 입은 헌옷에 불과하다고 했다. 그 헌옷 하나를 입는 데너무 많은 정신을 쏟을 필요는 없지 않을까.

여학교 시절의 친구들을 다시 한 번 만나보고 싶다. 그들은 지금얼마나 예뻐졌을까. 한 치의 빈틈도 없이 정확하게 살아온 세월을 달고 나타날 그녀들을 보고 나는 이제야말로 진실로 누군가를 미인 후보로 추천할 수 있으리라. 그리고 누군가가 나를 향해 '미스 건치'라고 불러주면 건강하고 하얀 이로 한번 환히 웃어주고 싶다.

이제부터 미래의 집이라고 할 수 있는 나의 외모를 어떻게 꾸미고 살까. 그 공간이 좁건 넓건 간에 아니면 벽돌로 꾸몄거나 통나무로 꾸몄거나 간에 나는 나 자신을 언제나 정갈한 정신과 풍요한 자존심이 함께 출렁이는 나만의 향기와 빛깔로 꾸며 가리라.

테라스의 여자

마지막 화살을 쏘아버린 퀭한 눈을 하고

긴 손톱으로 담배를 피우는 여자

아무렇게나 풀어 헤친 머리칼

주름진 입술에 붉은 술을 붓는 여자

쉬운 결혼들, 그보다 더 쉬웠던 이혼들

그러나 모든 게 좋아

가끔 외롭지만 그것도 좋아

그 많은 상처와 그 많은 고백들은

무슨 꽃이라 부르는지 몰라도 좋아

덧없는 포옹, 바람처럼 사라진 심장 소리

말하자면 통속이지만

그 아픔이 모여 인생이 되지

도깨비바늘처럼 달라붙을까 봐

날렵한 농담으로 피해 가는 뒷모습들을 바라보며

혼자 어깨를 들썩이며 웃는

테라스의 여자

생전 처음 만나는데

어디선가 많이도 보았던

수많은 저 여자

남자 복이
없으면

또 어쩌라

젊은 시인들 몇 사람이 손금을 보고 있었다. 곁에서 잠자코 구경하고 있으려는데 손금을 보고 난 시인들이 모두 군침을 삼키며 감탄을 하는 게 아닌가. 족집게처럼 잘 맞춘다는 것이었다. 한동안 산에 들어가 수도생활도 했으나, 이제는 시를 쓰려고 한다는 그에게 나도 손바닥을 활짝 펴 보일 수밖에 없었다.

나는 사주팔자나 점을 본 적이 거의 없기 때문에 그의 입에서 마치 재판관처럼 튀어나올 나의 운명과 팔자에 대해 조바심과도 같은 흥미와 궁금증을 느끼지 않을 수 없었다. 그는 아무 말 없이 한동안 나의 손금들을 들여다보고만 있었다. 나의 손바닥엔 웬 놈의 잔금이 그리 많은지 언뜻 내가 보더라도 귀부인이 될 팔자는 아닌 듯싶었다.

난생 처음 찾아간 어느 후진국의 뒷골목처럼 난해하고, 그런가 하면 비라곤 일 년 가야 단 한 방울도 구경할 수 없는 사막처럼 내 손바닥은 황폐하기 그지없었다. 그가 선뜻 입을 열지 않고 심란하게 손바닥을 이러 저리 뒤적일수록 나의 간은 졸아들어 갔다. 그가 지금이라도 무슨 엄청난 선언을 하면 나의 운명은 꼭 그렇게 정해질 것임에 틀림없었다. 불행의 그림자가 스멀스멀 나의 옷깃을 스치는 것만 같았다.

그때였다. 그가 갑자기 내 손바닥을 소리가 나도록 탁! 치는 것이 아닌가. 그리고 그는 땅이 꺼질 것 같은 깊은 한숨과 함께 다음과 같은 말을 내뱉었다.

"아이고, 이렇게 지지리도 가련한 손금이라니……. 세상에 아버지 복이라곤 눈 씻고 봐도 털끝만큼도 없고 그렇다고 남편 복이 있나, 거기다가 자식 복까지 없네!"

그의 말은 한 마디 한 마디 불꽃이 되어 나를 휘청거리게 만들었다. 좌중에 둘러앉았던 젊은 시인들조차도 모두들 나의 박복함과 불행에 어쩔 줄 모르는 것 같았다.

"결국 혼자 서야겠군."

그는 마치 막다른 길까지 몰고 온 고양이에게 슬쩍 왼발 하나를 들어줌으로써 고양이가 겨우 빠져나갈 수 있는 통로를 열어주듯 이렇게 말했다. 나는 재판관에게 청원을 하듯 그때야 그에게 간절하게 매달렸다.

"서긴 서는데……?"

서긴 서는데 어떻단 말인가? 확실하고 완벽하게 서지 못한단 말인가? 물론 그는 그런 말을 하진 않았다. 서긴 서는데 그러기 위해선 어떻게 해야 한다는 행동의 부적을 덤처럼 붙여 말해주지는 않았던 것이다. 기실 그 부분, 즉 그가 왼발 하나를 슬쩍 들어주듯 말한 그 부분이 나에겐 바로 행복이요 또한 불행의 부분이었다. 아무튼 아버지와 남편과 자식 복이 없다는 것, 그것도 그의 표현대로 지지리도 남자 복 없다는 것은 그렇게 기분 좋은 얘기는 아니었다. 여필삼종지도 女必三從之道를 따를 의향이 내겐 없지만, 여자이면 반드시 속하게 되어 있다는 세 가지의 기본 골격에 남자 복이 없다니 이것이 기분 좋을 리는 없지 않겠는가.

그렇지만 난 무엇보다도 혼자 서고 싶었다. 한 인간으로서 서고 싶었고, 내가 살고 있는 이 시대의 시인으로서 당당히 서는 것이 나의 소망이었다. 아무튼 나는 나이고 싶었다.

그런데 이 손금 얘기를 주위 사람들에게 했더니 모두들 한결같이 '안됐다!'는 표정으로 나를 바라보는 것이었다. 그리고는 고작해야 나를 위로한답시고, "엉터리 손금쟁이가 한 말인 걸 뭐" 하는 것이었다. 그 어느 누구도 아버지복. 남편복. 자식복이 없이 태어난 건 좀 재수 없는 일이겠지만 이제 와서 그것과 내 자신의 행, 불행과는 본질적으로 아무 상관이 없다고 말해주지 않았다. 소설을 쓰며 혼자 살고 있는 친구의 말이 겨우 내 기분을 정리해 주었다.

"웃기네, 한국 여자들 누구를 붙들고 물어봐. 아버지복. 남편복. 자식복 있는 여자가 몇이나 되나. 그 손금쟁이가 바로 그것을 잘 알고 있었던 거야, 그런 손금은 나도 보겠다!"

그리고 우리는 한바탕 한국 여자의 일생에 대해 얘기를 나누었다. 여자의 일생을 여필삼종지도에 두는 한, 여성은 한 번도 진정으로 행복할 수 없는 것이었다. 여성은 스스로 자유의 능력을 맛보지 못했기 때문에 해방을 믿지 않을 뿐만 아니라, 모험이나 도전보다는 언제나 체념과 습관 쪽을 택하고 남자들의 그늘에서 주체의 삶이 아닌 종속의 삶을 사는 것이었다.

여성은 이 수동적 삶 속에서 '영원한 아이'로서 남성이라는 아버지, 남편, 그리고 아들로 이어지는 세 주인의 군림과 보호를 동시에 받아야 했다.

만약 이러한 여성의 삶에 대해 회의나 반문을 표한다거나 좀 더 나아가서 거부를 표하는 것은 그것만으로도 '억세고 팔자 나쁜 여자'가 돼버리는 것이었다. 그러나 문명과 문화의 발달은 이러한 한심한 미개지를 언제까지나 늪지대로 그냥 방치해놓지 않았다. 여성이 그 오랜 인류사 이래 감았던 눈을 비로소 뜨기 시작한 것이다.

난 무엇보다도 혼자 서고 싶었다.

한 인간으로서 서고 싶었고,

내가 살고 있는 이 시대의 시인으로서

당당히 서는 것이 나의 소망이었다.

아무튼 나는 나이고 싶었다.

알몸의 시간

옷 한 벌 사려고 상가를 돌았다
내게 맞는 옷은 좀체 없었다
조금 크거나 작거나 디자인이 맘에 안 들었다
세상의 옷들은 공주나 말라깽이
배우들을 위한 것뿐이었다
옷들은 대뜸 뚱뚱한 내 몸매부터 비웃었다
슬며시 부아가 나서
한번 입어나 보려고 다리를 넣었다가
으드득! 소리를 내는 바람에
마치 성추행을 하려다 들킨 것처럼
얼른 밀쳐버렸다

상가를 빠져나오며
모처럼 하늘에 감사했다
군살은 완충 스펀지
나를 보호하기 위한 신의 배려
모든 옷이 몸에 맞는다면 그건 재앙이다

과일 가게에서 붉고 둥근 얼굴로 서성대다가
그만 아래로 분류된 토마토처럼
총총히 마굴 같은 상가를 무사히 벗어났다

생애에 한번쯤 꿈꾸는 사랑처럼
눈부신 옷을 꼭 한 벌쯤 입고 싶었지만
어쩌면 알몸의 시간이
먼저 올 것 같은 예감에
발걸음이 조금 떨렸다

초라한
내 뼈 위에

눈부신
옷 한 벌을

세계적으로 유명한 패션 디자이너의 광고 사진에 뼈만 앙상한 해골이 하나 서 있고, 그 아래에 작은 글씨로 '옷 입는 것은 저에게 맡겨주세요'라는 문구가 적혀 있었다. 참으로 인상적인 광고였다.

나는 가끔 옷장에서 이것저것 옷을 고르다 말고 그 광고를 떠올릴 때가 있다. 결국 옷이란 우리의 뼈 위에 걸쳐지는 몇 개의 알록달록한 헝겊조각이 아닌가. 그러나 나는 살아 있는 동안 가능하면 내 초라한 뼈 위에 조금이라도 더 멋진 옷을 입혀주고 싶다. 옷에 관한 한 나는 상당한 열정의 소유자이자 자유주의자다. 내 옷장에는 잘 여며 입는 단정한 정장이 아닌 푹 꿰어 입는 헐렁한 옷이 많고, 새까만 검정색이 단연코 많다. 나는 병적일 만큼 검정색 옷을 좋아하는데 그 이유는 검정색은 완벽하기 때문이다. 어딘가 엉성한 데가 많고 실수도 잘 하는 나의 행동에 비해서 옷의 색깔만큼은 완벽한 것을 좋아한다.

어지간히 세련된 색깔도 검정색 앞에서는 맥을 못 추는 것 같아 기분이 좋다. 사람들은 내가 검정색을 줄기차게 찾는 이유를 몸매를 좀 가늘게 보이려고 그런 거라고 생각하지만, 기실은 검정색의 그 당당한 완벽성 때문이다. 검정 스웨터를 쓱 걸치고 굵은 허리 위에다 염치 좋게 권투선수 무하마드 알리가 챔피언으로 뽑혔을 때 찼던 것 같은 벨트를 허리에 차고 나가면 모두들 재미

있다고 한 마디씩 건넨다. 내 체구의 결함을 부끄러워하지 않고 오히려 과장되게 드러내어 나의 자신감을 보여주는 것이 나의 옷 입는 방식이다.

그러나 옷에 대한 이러한 선호는 용기를 수반해야 할 때가 많다. 가끔씩 사람들의 고정관념과 부딪쳐서 약간의 곤욕을 감수해야 할 때도 있기 때문이다. 어느 문학 행사에 참석했을 때의 일이다. 맨 앞자리에서 어느 지성적인 분위기의 중년 여성이 열심히 강연과 시 낭독을 듣고 있었다. 그날따라 나는 헐렁한 검정색 무명 스웨터를 두 겹으로 입고 로베르타가 디자인한 빨간 무명 스카프를 목에 두르고 있었다.

그런데 일은 그 다음에 일어났다. 행사가 모두 끝난 후 그 부인이 강당 입구에서 나를 애써 기다리고 있었다. 그 분은 어린애 같은 귀염성과 날카로운 눈을 가진 문학 애호가였다.

"놀랐어요."

그 분의 첫마디였다. 도무지 그동안 만나 보았던 '여류시인'들과는 너무나 다른 분위기에 혼란이 왔다는 고백이었다. 뭔가 조용하고 수줍은 듯한 모습과 낙엽이 지면 눈물이라도 뚝뚝 흘릴 듯한 그런 물기를 지닌 것이 여류시인이라고 믿었는데 나는 그런 것과는 너무 다른 펑크족(?)이어서 그동안 나의 시에서 받았던 인상에 와르르 혼란이 왔다는 것이었다. 그분은 내 팔목에 쇠고

랑처럼 채워진 굵은 팔찌에 눈길을 떼지 못하며 내내 나를 미워하고 있는 것 같았다. 그러나 이런 일은 내게 처음이 아니었다.

오빠가 외교관으로 가 있던 외국 공항에서의 일이다. 오빠와 나는 그동안 해외로 떠도느라 무려 4년 만에 상봉을, 그것도 낯선 남의 땅에서 만나기로 약속했다. 내가 탄 비행기의 도착시간은 새벽 2시였다. 나는 그 새벽의 찬 공기 속에서 이국의 정취를 흠뻑 마시며 드디어 오빠를 만났다. 그러나 만남의 감격도 잠시. 오빠는 나의 위아래를 찬찬히 훑어보더니 이내 무언가를 못마땅해하고 있었다. 나는 그 이유를 단박에 알아챌 수 있었다. 나의 옷차림 때문이었다. 초여름인데도 순전히 분위기 때문에 나는 천으로 된 부츠를 신고 있었고, 그 부츠에 달려 있는 끈과 똑같은 빛깔의 분홍색 모자를 뒤집어쓰고 있었던 것이다.

"여전하구나!"

"오빠도 여전하세요!"

오빠와 나는 서로 의미 있게 웃으며 이같이 짧은 말을 주고받았지만, 이 말 속에는 마치 선문답과도 같은 함축미가 들어 있다는 것을 오빠와 나 이외엔 아무도 몰랐다. 오빠는 내 옷차림에서 나의 젊음과 치기와 허영이 여전하다고 말했고, 나는 오빠의 보수주의와 끝없는 간섭이 아직도 여전하다고 말했다. 그런데 여전히 변치 않고 살아가는 오빠와 나의 모습이 작은 위안이 되어서일까? 뭔가 다행인 것 같은 기분이 들기도 했다.

나는 옷에 관한 한, 여전히 이런 식으로 살아가려고 한다. 품위나 격조는 다른 곳에서 찾아도 충분하지 않을까? 옷은 나의 정신을 표현하는 하나의 형태인데, 그렇다면 앞으로 자유주의자로서 더 멋진 옷을 입으며 살고 싶다.

지난해 겨울날, 원로시인 H 선생님은 내 무당 같은 긴 코트와 풀 어헤친 머리를 보고 눈물겨운 얼굴로 이렇게 소리 치셨다.

"오, 찔레 밭에 넘어진 소피아 로렌!"

페미니스트인 그분은 여성에게 찬사를 잘 하시지만 나는 시구와도 같은 그 말이 너무 좋아 내내 찔레 밭에 넘어진 하녀 소피아 로렌이라도 된 양 향기로운 한나절을 보냈었다.

나는 살아 있는 동안 가능하면

내 초라한 뼈 위에 조금이라도

더 멋진 옷을 입혀주고 싶다.

뜨거운 소식

몇 날을 혼자다
혼자 집이다
온 세계가 나 하나로 가득하다
시간은 어디에도 보이지 않는다

창밖의 석류도 혼자 여물어간다
다 익으면 혼자 입을 열리라
그래, 홀로 잘하거라

차를 한 잔 마시려고
불 위에 물을 올린다
물이 불을 만나 와글와글 소리를 낸다

나는 물에게 말한다
뜨거워졌니?
어서 내 몸으로 들어오너라

너무
조용해서

너무 불안한

이 세상에서 가장 아름다운 음악은 정적靜的이다. 그 어떤 음악도 이 정적을 찢는 소리에 불과하다고 한다. 단 한순간도 소리 속에서 헤어나지 못하며 사는 우리들로서는 가히 그 정적의 진정한 깊이를 상상조차 하기 힘들다.

깊은 산사山寺에 고인 천 년의 정적도 법당 끝에 매달린 목어木魚의 흔들림으로 잠시 확인해볼 뿐 우리는 그 정적의 깊이를 잘 알지 못한다. 내 마음이 정적을 갖고 있지 못하기 때문에 당연히 우주의 정적, 자연의 정적을 헤아리지 못하는 것이리라. 교회당 첨탑 끝에 흐르는 햇살이 반짝이던 주일날 오후, 신자들이 떠나고 난 빈 교회 안에서 정적을 깨며 한 여인이 촛불 아래 울고 있을 때, 우리는 문득 정적의 아프고도 아름다운 파열음을 확인하게 되는 것도 같은 이치다. 온갖 소음 속에 뒤엉켜 살면서 정적에 대해 나는 이렇듯 불가해한 신비와 동경을 동시에 품고 있다.

그런데 며칠 전이었다. 아침부터 집안일을 하고 났더니 점심때쯤에는 전신이 동상 입은 배추처럼 피곤하고 후들거렸다. 그래서 잠시 자리에 몸을 기댔는데 그만 그대로 잠이 들어버렸다. 얼마나 흘렀는지도 몰랐다. 한 십여 분 정도나 흘렀을까. 그런데 갑자기 숨이 콱 막히고 전신이 오그라드는 불안감에 눈을 번쩍 뜨고 말았다. 나를 깨운 것은 바로 정적이었다. 사방 가득히 무섭게 고여 있는 교교한 침묵에 짓눌려서 나는 후들후들 혼자 떨고 있었다.

'아니 이런 일이 있을 수 있을까?'

내가 살고 있는 아파트는 큰 길과 인접해 있었지만 평소에 그렇게 시끄러운 편은 아니었다. 그렇다고 하더라도 이 차가운 정적은 뭔가 불길한 일로 세상이 바뀌고 있음을 확연히 말해주는 것 같았다. 살갗에 온통 소름이 돋아났다. 모두가 피난을 떠난 빈 서울에 홀로 남겨진 것 같은 외로움과 두려움이 나를 휘감았다.

한참을 그대로 얼어붙어 있는데 난데없이 얇은 비단 찢는 소리를 내며 한 줄기 호루라기 소리가 내 귀를 때렸다. 나는 비로소 지금 바깥에서 민방위 훈련이 한참 진행되고 있는 중이라는 사실을 알 수 있었다. 나는 식은땀을 씻으며 안도의 긴 숨을 내쉬었다.

모든 것이 멎어버린 빈 도시. 그때 이상한 명령조의 마이크 소리와 함께 검은 발자국 소리가 만장일치와도 같은 무서운 폭력의 힘으로 밀려오던 잉마르 베리만의 영화 〈산딸기〉의 한 장면이 불현듯 스쳐 지나갔다. 나는 순간 정적에 대한 나의 오랜 동경과

환상을 여지없이 깨버릴 수밖에 없었다.

여러 사람들이 함께 살아가는 세상에선 소음이 평화이고 정적이 전쟁이었다. 모습이 다른 사람들이 그 다른 모습만큼 서로 다른 의견으로 떠들며 살아가는 이 세상은 얼마나 평화롭고 자연스러운가. 그 누구도 쪽 고른 호루라기 소리와 호령만이 살아 있는 민방위 훈련시간 같은 그런 상황이 실제로 오는 것을 원하지 않는 것은 바로 그런 이유 때문이리라.

비노니, 언제까지나 즐거운 말의 소음 속에서 살게 하소서.

편지
— 고향에서 혼자 죽음을 바라보는 일흔여덟 어머니에게

하나만 사랑하시고
모두 버리세요

그 하나
그것은 생生이 아니라
약속이에요

모두가 혼자 가지만
한 곳으로 갑니다
그것은 즐거운 약속입니다, 어머니

조금 먼저 오신 어머니는
조금 먼저 그곳에 가시고

조금 나중 온 우리들은
조금 나중 그곳에 갑니다

약속도 없이 태어난 우리

약속 하나 지키며 가는 것

그것은 참으로 외롭지 않은 일입니다

어머니 울지 마셔요

어머니는 좋은 낙엽이었습니다

어머니,
당신은 좋은

낙엽이었습니다

어머니가 돌아가시기 한 해 전에 미국에서 내가 어머니께 보낸 시 〈편지〉를 떠올려보았다. '고향에서 혼자 죽음을 바라보는 일 흔여덟 어머니에게'라는 부제를 붙인 이 시를 속으로 읊조리며 나는 어머니와 잠시 삶과 죽음을 뛰어넘는 마음을 나누었다.

어머니는 내가 유학생활을 마치고 돌아온 후 석 달 만에 타계하셨다. 커다란 고통두 없이 끈끈한 애착두 없이 마른 검불이 스러지듯 어머니는 그렇게 떠나가셨다. 나는 볼을 타고 흘러내리는 물기를 뿌리며 무덤 곁으로 제멋대로 피어난 풀들을 뽑기 시작했다. 칼날처럼 빳빳한 잡초는 그 뿌리가 너무나 완강해서 비가 내린 후인데도 번번이 나를 뒤로 나뒹굴게 만들었다. 쑥들도 만만치 않았다. 회색빛 저승땅개비가 후드득 날았다. 넓고 평화로운 묘지는 조용하기만 했다.

그때였다. 작은 나무 사이로 세 명의 젊은 청년들이 나타났다. 그들은 손에 소주병을 한 병씩 들고 있었다. 하얀 종이 봉지에는 안주감이 될 만한 것이라도 곁들여 가지고 온 것 같았다. 그들은 웃으며 즐겁게 대화를 나누고 있었다. 어찌나 쾌활하고 밝은지 도무지 성묘를 하러 온 사람들 같지 않았다. 그렇다고 경박해 보이거나 버릇없이 까부는 그런 모습은 아니었다.

'어느 죽음을 만나러 가길래 저런 모습일 수가 있을까?……'

나는 온갖 상상을 다해가며 그들이 찾아가는 죽음을 떠올려보았다. 그들은 우리 어머니 묘소에서 그다지 멀지 않은 한 묘소 앞에서 멈춰 섰다. 곧 그곳에 소주를 한 잔 따라놓고 너붓이 절을 했다. 그리고 이내 거기에 앉아 즐겁게 소주를 나눠 마시기 시작했다.

이 명랑한 성묘객들이 나는 밉지 않았다. 마치 노란 개나리가 아닌 푸른색 개나리처럼 모든 죽음을 슬프고 어둡게만 바라보는 것이 아니었다. 그들은 진실로 즐겁게 무덤 앞에서 담소를 나눴다. 무덤의 주인이 그들의 친구인 것 같았다.

"야, 그곳은 어때? 좀 심심하더라도 조금만 있어. 우리도 때가 되면 곧 갈 테니……."

마치 이렇게 말하는 것 같았다.

한참, 풀들을 뽑고 나니 묘역이 어느 정도 깔끔해졌다. 바람이 풀 냄새를 쏴 하니 실어왔다. 나는 불현듯 한 잔의 커피 생각이 났다. 이 무슨 부끄러운 입맛이란 말인가. 옛날 사람들 같으면 부모님 무덤 앞에 삼 년 동안 베옷을 입고 막을 짓고 살았다고 하는데 어머니 무덤 앞에서 그깟 일 좀 했다고 느닷없이 기호품에 대한 갈망이 생기다니……. 평소의 내 모든 이기주의와 불효막심함이 이렇듯 부끄러운 욕망을 아무데서나 생기게 하는 것이 아니고 무엇이랴. 나는 참담했다. 그러나 이런 부끄러운 입맛의 기약은 고백컨대 이번에 처음이 아니었다. 어머니가 돌아가신 바로 그때도 그랬었다.

세상에 어머니가 떠나셨는데도 우리는 끼니때마다 국밥들을 떠먹었다. 아니 처음 하루 이틀은 굶기도 했었다. 그러나 채 사흘이 못 되어 우리는 모두 어김없이 끼니때가 되면 밥알을 입에 떠 넣었다. 친척들이 '기운을 차려야 한다. 큰일 치르려면 슬픔은 접어두고 산 사람은 입맛 내서 먹어야 한다'고 우기는 바람에 못 이기는 척하고 밥상을 받았었다. 슬픈 것은 바로 그것이었다. 사랑하는 사람이 떠나갔는데도 남은 사람들은 끼니때가 되면 여전히 밥을 먹고 하루하루 잊어간다는 잔인한 사실!

그때 나는 나의 혀가 맛을 느낀다는 것에 분노했다. 고깃국 맛을 느끼고, 사촌들이 떠먹여 주는 잣죽이 맛있게 목구멍으로 넘어가는 그 동물성을 혐오했다. 사랑하는 어머니가 죽었는데도 왜 이렇게 맛을 느껴야 하는가.

다시 한 줄기 바람이 불었다. 나는 이담에 성묘를 올 때는 보온병에 커피를 끓여 오리라 생각했다. 어느새 그 명랑한 성묘객들은 소주 한 병을 다 마시고 자리에서 일어났다. 우리 가족도 자리에서 일어났다. 어머니 곁에 놓인 카네이션이 부질없이 빨간 빛을 발했다. 조화들은 무당처럼 현란하게 바람에 흔들렸다.

나는 집에 돌아오자마자 발에 묻은 황토를 털고 한 잔의 커피를 마셨다. 커피 향내가 나의 허영기를 자극했다. 살아 있다는 것에 대한 확인이 부스스 날개처럼 돋았다. 맛은 살아 있는 자에게 주신 신의 뜨거운 선물임에 틀림없었다. 창밖에는 서서히 어둠이 내려오고 있었다. 이런 때 혼자라도 좋고, 아니 사랑하는 사람들과 함께라면 더욱 좋으리라. 한 잔의 차를 마시는 것은 참으로 빛나는 생의 모습이 아닐 수 없겠다.

그분이 떠나버려 추운 등허리, 곧 겨울이 되면 그대로 말갛게 동상이라도 들 것 같은 등줄기로 뜨겁고 진한 커피 향내가 흘러 내려간다.

나는 나의 혀가

맛을 느낀다는 것에 분노했다.

고깃국 맛을 느끼고 잣죽이 맛있게

목구멍으로 넘어가는 그 동물성을 혐오했다.

사랑하는 어머니가 죽었는데도

왜 이렇게 맛을 느껴야 하는가.

머플러

내가 그녀의 어깨를 감싸고 길에 나서면
사람들은 멋있다고 말하지만
나는 그녀의 상처를 덮는 날개입니다.
쓰라린 불구를 가리는 붕대입니다.
물푸레나무처럼 늘 당당한 그녀에게도
간혹 아랍 여자의 차도르 같은
보호 벽이 필요했던 것은 아닐까요.
처음엔 보호이지만
결국엔 감옥
어쩌면 어서 벗어던져도 좋을
허울인지도 모릅니다.

아닙니다. 바람 부는 날이 아니라도

내가 그녀의 어깨를 감싸고 길에 나서면

사람들은 멋있다고 말하지만

미친 황소 앞에 펄럭이는

투우사의 망토처럼

나는 세상을 향해 싸움을 거는

그녀의 깃발입니다.

기억처럼 내려앉는 따스한 노을

잊지 못할 어떤 체온입니다.

나의 봄에는

상처가
숨어 있다

봄 내음이 살갗을 스치면 나는 오랜 습관처럼 이마에 조용히 손을 가져간다. 마치 맹인이 조심스레 오래된 옛 유물에서 점자를 판독하듯이 나의 이마에 희미하게 새겨진 상처 자국 하나를 더듬으며 나는 부스스 내 생生의 비밀 하나를 만나고 그리움에 몸을 떤다. 이마에 새겨진 그 희미한 흠집 속에는 내 생애 최초의 봄 외출과 기차여행, 그리고 어머니의 냄새가 추억처럼 음각되어 있다.

몇 살쯤이나 되었을까? 학교에 입학하기 전이었으니 아마 네 살 아니면 다섯 살 때쯤이었을 것이다. 그때 나는 몸이 아픈 어머니를 따라 난생 처음으로 기차를 타고 우리나라 저 남단에 있는 어느 바닷가에 갔었다.

그 바닷가가 여수라는 걸 한참 뒤에 알았지만 아무튼 어머니는 그 바닷가에서 병원을 운영하는 친척으로부터 진찰을 받고 주사를 맞기 위해 그곳에 갔었다. 어머니와 나는 그곳에서 거의 일주일 이상을 머물러 있었다. 그곳에서 소문난 명의名醫였던 친척은 어머니에게 '당숙모님'이라고 부르며 극진하고 정성스럽게 대해 주었다.

한 사흘이 지난 후였다. 무슨 생각을 하셨는지 병세가 어지간히 호전된 어머니가 친척을 조심스럽게 졸라대기 시작했다. 글쎄 나를 가리키며 "어이, 조카 저애 이마하고 눈 밑에 있는 꺼먼 점

좀 빼주소 잉" 하는 것이었다.

의사인 친척은 처음엔 사양하는 것 같았다. 그런데 나중에는 어떻게 된 노릇인지 나를 달래기 시작했다.

"아가, 조금도 안 아프다. 그저 소나무 끝으로 콕 쑤시는 정도지……."

그래서 나는 결국 무슨 이상한 약물로 내 점을 빼게 되었다. 눈밑에 있는 것은 눈물 받아먹는 점이라고 나쁘다는 것이었다. 이마 위에 있는 것은 부처님 점이지만 보기에 예쁘지 않으니 뺀 김에 떼버리자는 것이었다. 점을 뺄 때 아팠던 기억은 별로 없다. 솔잎 끝으로 콕 하니 쑤시는 정도였을까? 여하튼 처음엔 성공인가 싶었다. 그런데 삼사 일 후에 딱지가 피부에 앉자 그것이 너무도 가려운 나머지 나는 결국 그것을 참지 못하고 마구 긁어댔던 기억이 난다.

그 병원은 꽃과 숲으로 둘러싸여 있는 고급 적산가옥이었다. 더구나 한쪽으로는 끝없이 바다가 펼쳐져서 그 아름다움에 숨이 턱턱 막힐 지경이었다. 그곳에서 내 또래의 계집애랑 소꿉장난을 하고 놀다가 그만 나도 몰래 딱지를 뜯어버린 것이다. 흰 모래를 쓴 약이라고 속이고 그 애에게 먹이며 "아이고 쓰구나" 하고 떠먹여주다가 그랬었다. 피가 줄줄 흐르는 내 이마를 보고 급히 달려 나와 가슴을 치고 당황해하시던 어머니의 얼굴과 친척의 낭패한 표정이 괜히 슬퍼서 앙앙 소리 내어 울었던 기억이 지금도 새롭다.

그 푸른 봄 바다와 꽃향기 그윽하던 병원 뜨락의 냄새가 두고두고 내가 기억하는 가장 강렬한 봄 냄새가 되었다. 그 후 엄마의 기도 탓이었는지 다행히도 그 흠집은 그렇게 심각한 것으로 남지 않았다. 눈 밑의 것은 거의 보이지 않고 이마의 것만 작게 남아 오히려 이렇게 내 생애의 애틋한 추억으로 남아 있다.

겨울이 끝나고 두터운 겨울옷을 벗으며 봄을 맞이할 때면 나는 제일 먼저 이마 위에 음각되어 있는 나만의 추억 속으로 젖어든다. 내 생애 처음 떠난 봄의 기차여행과 온갖 꽃이 만발하던 병원 뜨락, 그리고 바닷바람을 기억해내고 혼자 가슴 설레는 것이다. 그리고 봄이 주는 생명의 기쁨과 소생의 의미를 깊이 되새겨보게 된다. 만일 봄의 생명력이 저 얼음산과 겨울의 인고忍苦를 배경으로 하지 않고, 다만 뜻 없는 만개와 발아에만 있다면 그 아름다움이란 얼마나 깊이 없는 것이며, 봄의 꽃은 종이로 만든 향기 없는 가화假花와 무엇이 다르겠는가.

나의 봄 속에는 내 상처의 비밀이 숨어 있다. 그래서 더욱 애틋하듯이 우리들의 봄도 저 동상凍傷과 인고의 겨울을 견디어냈음으로 더욱 아름답고 따스한 것이다. 그러므로 지난겨울이 춥고 지루했으면 지루했을수록 동상의 상처가 깊었으면 깊었을수록 봄을 맞는 기쁨은 두 배로 커지는 것이다.

그러나 기쁨도 잠시면 끝이 난다. 봄의 기쁨에 도취하고 아지랑이에 서성거리다 보면 봄은 어느새 그 자취를 감추어버리고, 저 폭양과도 같이 뜨겁게 쏟아지는 여름 앞에 서야 하는 것이 또한 자연의 섭리이다.

봄은 결국 우리 앞에 왔지만 이 봄을 씨 뿌리는 일로 하여 더욱 땀을 흘리는 자에게만 가을의 축복이 내릴 것을 우리는 또한 미리부터 알아차릴 수밖에 없다. 그러고 보면 봄 냄새가 향기롭다기보다는 맵다고 함이 더 옳을 것 같다.

맹인이 조심스레 오래된

옛 유물에서 점자를 판독하듯이

나의 이마에 희미하게 새겨진

상처 자국 하나를 더듬으며

나는 부스스 내 생의 비밀 하나를

만나고 그리움에 몸을 떤다.

아들에게

아들아
너와 나 사이에는
신이 한 분 살고 계시나 보다

왜 나는 너를 부를 때마다
이토록 간절해지는 것이며
네 뒷모습에 대고
언제나 기도를 하는 것일까

네가 어렸을 땐

우리 사이에 다만

아주 조그맣고 어리신 신이 계셔서

사랑 한 알에도

우주가 녹아들곤 했는데

이제 쳐다보기만 해도

훌쩍 큰 키의 젊은 사랑아

너와 나 사이에는

무슨 신이 한 분 살고 계셔서

이렇게 긴 강물이 끝도 없이 흐를까

상실을
목표로 하는

어머니의 사랑

나는 솔직히 내조라는 말에 동의보다는 거부감을 느낄 때가 많다. 내조의 정체란 과연 무엇인가? 내조內助를 《국어대사전》에서 찾아보면 '아내가 남편의 하는 일을 도와줌'이라고 풀이되어 있다. 좋게 표현해서 내조란 도와주는 것이지, 이 경우 남편과 아내가 평등한 관계에서 이루어진 것보다는 어딘지 예속된 관계에서 한쪽에게만 강요되는 것이라는 뉘앙스가 짙게 풍긴다. 더구나 이 말이 거부감을 주는 것은 주로 출세한 남성들을 위해서 쓰이고 있다는 사실이다.

이 세상 어느 아내가 남편이 잘되기를 바라지 않겠는가. 또 남편을 도와주고 싶지 않은 아내가 있겠는가. 어쩌면 가난하고 무능하고 출세하지 못한 남자의 아내일수록 내조에 더 열성이었고, 더 참고 견뎌왔는지도 모른다. 괜히 출세한 남자의 아내에게 '내조의 공'을 운운해서 마치 그것이 신비한 도깨비 방망이라도 되는 양 말하지 않았으면 좋겠다. '외조外助'라는 말이 사전에 없는 것도 공평치 못한데, 하물며 일방적인 '내조'란 말로 숱한 평범한 아내들을 기죽일 필요까지 있을까? 내조란 미명 하에 아내가 종속되는 것이 행여 미덕시되고 아내의 희생이 당연시되며, 그리하여 이에 편승하려는 이기적인 남편들이 생겨서는 곤란하다.

나는 남편을 잘 내조하는 여성보다는 남편을 따뜻이 사랑하는 여성을 더욱 존경한다. 그렇다고 자기 남편을 남들 앞에서 '우리

아빠가 이러시고 저러시고' 하는 뻔뻔한 여성을 찬미하는 것은 아니다.

'모성애母性愛'란 말도 그렇다. 우리는 어린 시절부터 모성애란 바다보다도 깊고 하늘보다도 더 높은 그 무엇이라고 배워왔다. 실제로 우리 어머니들에게서 그런 모습을 직접 목도하고 그 모성애 안에서 우리가 아무 탈 없이 자란 것 또한 사실이다. 그러나 지금 내가 아이들의 어머니가 돼 있는 이 마당에서 보면 모성애란 잘 승화된 것이 아니라면 자칫 추할 수도 있겠구나 싶어 전율을 느낄 때가 많다.

어머니와 자식과의 관계를 너무 본능적인 이기주의 관계로만 묶어놓는 나머지, '내 새끼 의식'만을 앞세워서 남의 아이야 어찌 되든 내 아이만 잘되면 그만이라는 생각들이 팽배한 것 같다. 과잉 교육으로 키우고 과잉 혼수로 자식을 결혼시키는 '철면피 모성애'는 곤란하다는 말이다. 모성이 더럽혀지면 이렇게 추운 세상에서 우리는 돌아갈 곳이 없다. 자식을 위해 세 번이나 이사했다는 맹자孟子 어머니의 일화를 사랑으로 잘못 받아들인 이기주의자들을 우리는 이 땅의 어머니라 부를 수는 없다.

우리가 자식을 낳아 기르는 어머니가 되면 우리는 바로 내 자신의 어머니가 되는 동시에 이 땅의 어머니가 된다는 생각을 해야 한다. 생각하는 것처럼 모성애가 반드시 위대하기만 하고 또 완벽한 사랑만은 아닌 것이다. 모성애의 본질은 이별과 상실을 최종 목표로 하는 서글픈 사랑임을 반드시 알아야 할 것이다.

미국의 대표적인 여성 시인 에이드리언 리치는 《더 이상 어머니는 없다》라는 명저를 통해 모성애의 굴레를 분석하기도 했다. 내가 애독하는 마사유키 신부님의 글에 의하면 파스칼은 모성애에 관해서 특징적인 두 가지 요소로 분석하고 있다. 그 하나는 우선 '합일의 정열'이다. 자식과 함께 있고 싶다, 함께 살고 싶다고 하는 것이 바로 이 합일의 정열인데, 이렇게 자식과 운명을 함께 하고 싶다고 바라는 힘이 바로 모성의 위대한 본능이라는 것이다.

그러나 이러한 합일의 정열만으로는 자식을 결코 훌륭하게 키울 수 없다고 한다. 자칫 자식과 가장 가까운 존재라는 이유로 올바른 인간성 형성에 최대의 장애가 된다는 것이다. 그래서 파스칼은 모성에서 '분리의 정열'이 동시에 필요함을 역설한다. 결국 어머니의 사랑이란 자식을 과감히 떼어내는 데 있다는 것이다. 이것이야말로 여성에게 부과되는 가장 엄격한 행위로, 어머니로서 최종의 능력에 해당한다는 것이다.

사랑하는 자를 멀리 놓아주는 능력은 진실로 위대한 모성애가 아닐 수 없다. 이기심이나 독점욕. 지배욕을 버리고 사랑하는 자의 행복만을 바랄 뿐 아무것도 요구하지 않음으로써 진실로 모성애는 위대해지는 것이다.

자식이 홀로 독립하여 떠나는 것은 부모에 대한 보은이라고 생각해야 할 것이다. 합일의 정열만을 내세우고, 그것만을 집착하는 모성애는 본능적인 모성애일 뿐이다. 분리의 정열로 승화시키지 못하는 미흡한 모성애일 뿐이다. 자식을 위해서라면 죽은 나무에 꽃도 피우게 하는 것이 모성애라 하지만, 끝없이 스스로를 제어하고 끝없이 아프게 이룩해내지 못하면 오히려 불결해지기까지 하는 것이 또한 모성애인 것이다.

새삼, 이 세상 어딘가에 항상 문 열어 놓고 기다리고 계실 따뜻한 모성이 어딘가 있다는 사실이 참으로 행복하게 느껴진다.

파스칼은 모성에서 '분리의 정열'이

동시에 필요함을 역설한다.

결국 어머니의 사랑이란 자식을

과감히 떼어내는 데 있다는 것이다.

꽃의 선언

내가 원하는 방식대로

나의 성性을 사용할 것이며

국가에서 관리하거나

조상이 간섭하지 못하게 할 것이다

사상이 함부로 손을 넣지 못하게 할 것이며

누구를 계몽하거나 선전하거나

어떤 경우에도

돈으로 환산하지 못하게 할 것이다

정녕 아름답거나 착한 척도 하지 않을 것이며

도통하지 않을 것이며

그냥 내 육체를 내가 소유할 것이다

하늘 아래

시의 나라에

내가 피어 있다

철저하게

나만의 향기로
살고 싶다

오랜만에 비가 온다. 제법 굵은 빗방울이 허공에 영롱한 곡선을 그리다가 이내 땅에 떨어지더니 대지 속으로 스며든다. 저 비가 아니면 누가 이 초록의 대지를 만들 수 있으랴. 초록의 손들이 빗속에서 싱그럽게 흔들리고 있다. 이런 날은 누군가를 불러내서 넓은 창가에 앉아 묵은 얘기를 오래 나누고 싶다.

그런데 오늘은 웬일인가. 빗방울들이 자기만의 빛깔로 부서지는 것을 바라보는 것만으로도 충만한 느낌이다. 그 어느 날카로운 모서리에 부서져도 그를 상처내지 않고 아낌없이 온몸을 풀며 촉촉한 대지 속으로 돌아가는 빗방울. 그 모습은 아름답다 못해 경건하기까지 하다.

'나이 탓인가? 이제 저런 것까지 다 보이다니……'

나는 다시 고개를 모로 젓는다. 우리는 매사에 나이를 너무 의식하며 산다. 그래, 오늘은 그것조차도 과감하게 던져버리고 싶다. 모든 제약과 고정관념에서 벗어나 무한히 자유로워지고 싶다. 먼 허공에서 홀로 내려오는 빗방울의 고독과 자유, 그것으로 온 대지가 푸르른 신록으로 짙어가는 계절이 아닌가.

"당신은 어떤 여성이 되고 싶은가."

가끔 이런 질문을 받을 때가 있다. 그때마다 나는 망설임 없이 이렇게 대답한다.

"자유, 생명의 뜨거운 연소. 자기 개성의 확립, 끝없는 탐색, 탁월한 재능……."

오래전부터 나는 이런 말과 함께 떠오르는 여성이 되고 싶었다. 그런 여성이 되기 위해서 무엇보다 먼저 고독과 노동에서 자유롭고 싶었다. 이를 위해서 그 누구의 무엇이 아니라 철저히 나 자신으로 사는 데 필수불가결한 고독을 배워야 했고, 또 누군가의 힘이나 배려에 의존하지 않고 혼자서 당당하게 살아갈 수 있는 바탕으로서 노동을 배워야 했던 것이다. 그것은 두렵고도 힘든 일이었다.

자유로운 여성을 꿈꾸기 이전에 먼저 배워야 할 필수 덕목으로서 고독과 노동, 이 두 가지를 안다는 것은 다시 태어나는 것만큼이나 장엄한 일이기도 했다. 솔직히 말하자면 나는 아직도 철저히 자유로운 여성이 되지 못했다. 그렇다면 무엇이 문제일까? 이미 오래전부터 봇물이 터지듯 수위가 높아진 여성들의 사회참여의 영향으로 여성과 자유라는 문제에 그 어느 때보다 사람들의 관심이 높아졌다. 그런데 여성과 자유에 대한 관심과 동경은 높아졌으면서도, 정작 진정한 여성의 자유는 어떤 것이며 이를 위해서 무엇을 지불해야 하는지는 구체적으로 생각하지 않는 것 같다.

자유로운 여자라 하면 그저 소비나 마음대로 하는 것 정도로 생각하거나, 아니면 자유라는 말에서 풍기는 뉘앙스처럼 다소 위험과 모험을 전제한 뒤, 이를테면 전통적인 제도나 성性의 질서에 반기를 들고 있는 여자를 말하는 경우도 허다하다. 일찍이 우리는 남편 있는 여자가 외간 남자와 춤을 추고 연애감정에 빠져서 가정을 등한시했던 여성을 소설 《자유부인》의 주인공을 통해 만난 적이 있다. 이 '자유부인'이라는 당시의 신조어는 여성에 대한 많은 부정적 이미지와 함께 오랫동안 한 사회현상을 드러내는 용어로서 널리 사용되어 왔다.

또한 초창기 실존 여성들 가운데도 개성과 자유를 부르짖고 제도와 관습에 반기를 들었다가 처참하게 추락하여 생애를 불행과 실패로 마감했던 것을 목격하기도 했다. 그리하여 남성들과 기존 전통은 여성이 자유를 논할 때마다 마치 하나의 전범처럼 그녀들을 가리키며 "보아라. 저 여자들을……. 그녀들의 불행과 실패를 똑똑히 쳐다보아라" 하고 격앙된 목소리로 겁을 주었다. 그러다 보니 그동안 여성과 자유라는 말은 서로 호응 개념이기보다는 상충 개념으로 사용되어왔음을 쉽게 알 수 있다.

아무튼 이 문제라면 여성의 자유와 해방에 대해 누구보다도 탁월한 비판과 철학적 비전을 제시했던 시몬느 드 보봐르의 말을 다시 들추어보는 것이 좋겠다.

프랑스 법정은 이미 복종을 아내의 의무라고 규정하지
않고 여자도 시민권만 있으면 누구나 선거권을 가지게
되었다. 하지만 이러한 공민으로서의 자유도 경제적 자립
을 가지지 않으면 겉치레에 지나지 않는다. 정식으로 결
혼한 사람이나 그렇지 않은 여자거나 남자의 부양을 받
는 여자는 투표용지를 쥐었다 해서 남성으로부터 해방된
것은 아니다. 설령 풍습이 예전처럼 여자를 묶지 않는다
해도 그것은 소극적 용납에 지나지 않고 여성의 입장은
여전히 근본적 수정을 받지 못하고 있는 것이다.
여자와 남자와의 거리를 대폭 좁힌 것은 노동의 덕이었
다. 구체적 자유를 보장해주는 것은 노동밖에는 없다.

- 시몬느 드 보봐르

참으로 명쾌한 분석이 아닐 수 없다. 자유로운 여자란 즉 능력 있
는 여자라는 것이다. 결혼의 유무를 떠나서 경제적 자립이야말
로 정신의 자립을 가져온다는 것은 상식에 속하는 일이다. 여성
이기 이전에 유능한 인재가 되고 전문가가 되어야 하는 것이다.

여성 교육의 역사도 이젠 결코 짧지 않다. 여성뿐만 아니라 인간에게 교육을 부여하는 것은 그에게 생명의 근원인 자유를 확보해주기 위한 긴 노정인지도 모른다.

이제 고독의 문제에 대해서도 생각해본다. 인간이 고독한 존재인 것은 새삼 말할 필요조차 없다. 인간은 누구나 단 하나의 목숨을 가지고 유한한 시간을 머물다간다. 모든 위대한 학문이나 예술은 모두 고독한 존재로서의 인간이 그 주제이다.

얘기가 너무 원론적으로 흘렀지만 다시 소박한 곳으로 돌아와 생각해보자. 인간은 고독해서 결혼한다. 그러나 그 결혼으로 인해 더욱 고독해지는 경우도 허다하다. 나는 결혼하는 후배들에게 서로 이해하고 사랑하라는 말 대신 항상 이런 얘기를 해준다.

"부부夫婦는 일심동체一心同體라는 말에 너무 집착하지 마라. 그 말은 기실 오해의 소지가 있다. 서로 다른 두 사람의 개성이 만나서 한 울타리를 이루는 것이 결혼인데, 일심동체라는 말로 묶어버리면 그것은 대단한 무리다."

일심동체란 결혼이 주는 이상적인 꿈일지 모르지만 그렇다고 해서 모든 것을 서로 다 알아야 하고, 그 권리를 전적으로 주장해야 하는 것은 불가능하다. 오히려 부부 사이에도 서로의 고독을 허용하고 고독과 당당히 마주하도록 노력하라고 말한다.

부부夫婦란 신전의 두 기둥처럼 마주보고 서서 기둥과 기둥 사이에 흐르는 두 사람 사이의 고독을 서로 인정하고 배려해야 한다. 뿐만 아니라 사랑이란 서로 함께 공존함을 기뻐하는 것이지, 소유하고 구속하는 것은 결코 사랑이 아니다. 서로의 개성과 고독을 인정하는 당당함이야말로 서로에게 아름다운 자유를 선물하는 가장 깊은 사랑일 것이다.

우리는 부자유함 속에 살고 있다. 나의 경우도 예외는 아니다. 그러나 사람들은 말한다. 당신은 우리보다 더 많이 자유로워 보인다고 한다. 어쩌면 그것은 사실일지도 모른다. 우선 나는 내가 하고 싶은 얘기를 글로 쓸 줄 안다. 결코 부자는 아니지만 돈에 매여서 굳이 하고 싶은 것을 참아본 적도 없다. 물론 내가 하고 싶은 일이 큰돈과는 무관한 것일 때가 많아서 그럴 것이다. 돈이 필요할 때라야 얼마쯤의 여행비용 정도인데 그것을 충당할 능력이 다행히도 내게는 있다.

많은 돈을 가져서 부자유한 경우를 우리는 더 자주 보아왔지 않는가. 가구도 장식도 세간도…… 최근에는 책까지도 가볍게 하고자 노력하고 있다. 집을 비워도 도둑 걱정 없고, 어깨로 짊어질 무게 이상의 것은 기실 모두가 구속이라고 생각하고 있다.

나는 스스로를 신데렐라나 콩쥐라고 생각할 때도 있다. 왕자의 초대에 가기 위해서 콩쥐는 계모의 구멍 뚫린 물 항아리를 채우지 않으면 안 된다. 또한 방아를 찧어야 하고 설거지와 빨래도 하고 울며불며 땀을 흘린다. 나의 계모는 내 속에 살고 있는 어떤 규율이며 내 자존심이다.

그러고 난 후 어김없이 나는 내 자유의 시간 속으로 들어간다. 나는 글을 쓰고 또한 필요할 때면 먼 여행도 떠난다. 시인으로서 나의 유일한 공기는 자유요, 나의 유일한 양식은 고독이다. 요즘 나를 지속적으로 사로잡고 있는 것은 자유혼과 여행이다. 그것 말고는 나를 묶지 않으려고 한다. 삶을 지극히 단순화시킨다. 나를 매혹하는 일에 거침없이 나를 내어주는 것이 내 자유의 비밀이다.

늙은 꽃

어느 땅에 늙은 꽃이 있으랴

꽃의 생애는 순간이다

아름다움이 무엇인가를 아는 종족의 자존심으로

꽃은 어떤 색으로 피든

필 때 다 써 버린다

황홀한 이 규칙을 어긴 꽃은 아직 한 송이도 없다

피 속에 주름과 장수의 유전자가 없는

꽃이 말을 하지 않는다는 것은

더욱 오묘하다

분별 대신

향기라니

나는
아흔 살까지만

아름다울까 보다

모든 아름다움은 우수優愁를 배경으로 놓여 있다. 아침에 핀 한 떨기 꽃을 보라! 싱싱한 그 표정 속에는 아직도 신의 숨결이 들리는 듯해도, 그 꽃은 이내 스러져감으로써 더욱 아름다운 것이다. 이 세상 모든 것들 가운데 사라져가는 것은 모두 아름답다고 말하고 싶다. 우리의 젊음은 말할 것도 없고, 심지어 사랑조차도 언젠가는 사라져가는 것이기에 더욱 아름다운 것이다.

젊었을 때 나는 어머니를 이해하지 못했다. 어머니는 언제나 외출하는 내 곁에서 온갖 간섭을 다하시며 당신의 딸이 무슨 춘향이나 미스 코리아가 되는 것처럼 황홀하게 바라보시곤 했다. 또한 사람들 앞에서는 당신 딸이 이 세상에서 제일 예쁘다는 표정을 지으시곤 하셨는데, 그때마다 나는 정말 질색을 했었다. 내가 너무 뚱뚱해서 싫었고, 얼굴은 너무 큰 것 같았으며, 광대뼈도 나온 것 같아 늘 속상했던 것이다. 그런데 재미있게도 어머니는 유독 나만 예쁘다고 하신 것은 아니었다. 우리 집에 놀러오는 내 친구들을 보며 한결같이 '저 애 참 예쁘구나' 하시는 것이었다.

한번은 얼굴이 조금 얽은 친구를 데리고 온 적이 있었는데, 어머니는 그 친구에게도 '참 예쁘다. 사방이 오목조목하고 빠진 데가 없구나' 하시는 것이었다. 나는 그 친구가 돌아간 뒤에 어머니에게 막 화를 냈다. 어머니는 그 친구가 곰보인 걸 모르느냐고, 민망해서 죽을 뻔했다고······, 그때 어머니는 이렇게 대답하셨다.

"그 애 뺨과 종아리를 봐라. 얼마나 예쁘냐. 그리고 그 애가 열심히 수제비를 먹을 때 콧등에 송글송글 맺힌 땀을 봐라. 참 예쁘더라."

그랬다. 어머니는 우리들의 터질 듯한 젊음을 부러워하셨던 것이다. 몇 해 전, 신학기 첫 강의시간에 신입생들을 바라보다 말고, 나는 문득 그 옛날 어머니를 떠올리며 아찔했던 적이 있다. 맨 앞자리의 여학생에서부터 맨 뒷자리에 앉은 턱수염이 거뭇거뭇한 남학생까지 모두가 눈부시도록 아름다워 보였던 것이다. 이제 막 터질 듯한 젊음들이 내 눈앞에 황홀하게 그 모습을 드러내고 있었던 것이다. 나는 비로소 내게서 젊음이 사라져갔음을 아프게 확인했다. 그리고 진실로 그 옛날 나의 어머니를 이해할 수 있었다. 그때 어머니는 자신이 놓쳐버린 젊음을 자신의 딸과 딸의 친구들에게서 보고 계셨던 것이다.

어머니는 어쩌면 자신의 생애에서 가장 아름다웠던 시절의 자화상을 우리를 통해서 바라보셨는지도 모른다. 그래서 입에 침이 마르도록 예찬하셨는지도 모른다. 사람이 가진 것 가운데 가장 아름다운 것은 뭐니 뭐니 해도 젊음이 아닐까. 그러나 언제나 젊음을 지니고 있을 때에는 그 가치를 모르고 있다가 지나가버린 후에야 그 가치를 깨닫게 된다. 그것이 젊음의 최대 맹점이다.

젊음은 아름답고 또 아름답다. 젊음은 실수나 실패도 용광로처럼 끌어안는다. 젊음은 수치가 아니라 사랑이요, 도전이자 열정이다. 오늘 문득 이런 생각을 해본다.

'나는 여든 살까지만 젊고, 아흔 살까지만 아름다울까 보다.'

비로소, 인생을 위하여

시간의 몸짓

친구에게 묻는다

왜 시간은 언제나 쓸쓸한 것일까

영롱한 빛깔로 유혹하지만

손에 잡고 보면 돌연히 칙칙한 색으로

변하고 마는 이구아나처럼

금세 추위에 떠는 빈 가지가 되는 것일까

그 위에 소복한 눈을 얹어보기도 하고

새 한 마리를 그려 넣기도 하고

무성한 꽃과 잎들을

때로는 폭풍을 감아보기도 하지만

깊게 사랑을 새긴 사람에게도 결국

부드러운 솜털 하나 남기지 않는

저 겨울나무 같은

시간은 다만 허위였던가

친구에게 묻는다
오직 보이는 것만이 현실이라면
그 현실은 또한 어디에 남았는가
망설이고 주저하고 참다가
보내버리는
시간은 영원히 쓸쓸한 몸짓뿐일까

시간은

언제나
새것이다

새벽 별처럼 아름다웠던 젊은 날에도 나는 이 세상의 모든 이름이 덧없음을 알고 있었다. 머리카락 사이로 손가락 사이로 어깨 사이로 술술 빠져나가는 은비늘 같은 시간들 때문에 나는 늘 속으로 부는 바람이었다.

현재는 언제나 화살이었다. 현재는 미래가 과거로 변해서 존재하는 한 줄의 짧은 감탄사 같은 것이었다. 그 짧은 현재 속에 갇혀 우리들은 모두 어지러웠다. 우리들은 날마다 약속이나 한 듯 현명한 눈을 반짝이며 말했다.

"시간을 아낍시다!"

"시간은 세상에서 가장 값진 것!"

아아, 그러나 시간은 절약하면 할수록 점점 없어지고 우리들은 더욱 허둥거렸다. 우리들은 시간을 도둑맞지 않으려고 전전긍긍했다. 그러나 시간을 아끼려고 허둥대면 댈수록, 도둑맞지 않으려고 악을 쓰면 쓸수록 삶은 더 건조해지고 사랑은 더 멀리 달아나버렸다.

나는 호기심이 많은 생명체처럼 온몸으로 구르는 네 바퀴가 달린 트렁크를 들고, 어느 해 봄날 홀로 서역으로 떠났다. 돔처럼 둥근 왕관을 쓰고 담요를 타고 하늘을 나는 왕자가 산다는 그 나라로 향했다. 그 나라에는 치타 음악 속에 코브라가 춤추고 천 년 동안 목욕을 삼간 여인이 있어 이 마법처럼 어지러운 시간 속에서 나를 홀연히 꺼내줄 것만 같았다.

첫발을 내딛었던 새벽 2시의 인도 캘커타 공항은 자욱하게 차오른 백단향 속에 잠겨 섬처럼 떠밀려 있었다. 나는 그만 그 자리에 우뚝 멈춰 서 버리고 말았다. 원래 인간에게 시계란 없었던 것! 바로 머나먼 서역 갠지스 강변의 옛 소도 그곳에는 시계가 없었다. 시계가 없었으니 당연히 시간도 없었다. 경쟁과 수치에 길든 내 짐승의 속도는 그만 머리를 부딪치고 우뚝 멈춰 설 수밖에 없었던 것이다.

그곳에는 시간 대신 기나긴 기다림이 있었다. 내가 그동안 가장 중요하게 매달렸던 시간이라든가, 경제수치들이 그곳에서는 아무짝에도 쓸모없는 것들이었다. 대신에 숨 쉬는 영혼들이 누더기를 걸치고 느긋하게 아무데나 누워 한유하게 마향魔鄕을 피워내고 있었다. 나는 단번에 그 원시적 아름다움에 사로잡혔다.

우리들의 '모모'에게 시간을 가르쳐준 호라 박사의 말처럼 그곳에는 시간의 마력에 걸려든 불쌍한 노예들이 한 명도 없었고, 대신에 시간의 주인들이 살고 있었다. 나는 비로소 나로 돌아와 시간의 주인이 되고 싶었다. 시간에게 매달려 그 채찍에 늘 쫓기는 노예가 아니라 시간과의 화해, 아니 시간과의 결혼을 결행한 사랑의 주인공이 되고 싶었다.

나는 내 영혼 속에서 한시도 쉬지 않고 재깍거리며 나를 재촉하는 시계를 꺼내어 갠지스 강에 흰 뼛가루처럼 뿌려버렸다. 그리고 시계가 없어 비로소 무한히 자유로운 나의 푸르고 푸른 공간 속으로 돌아왔다.

온몸이 가벼웠다. 어깻죽지에서 날개가 돋는 듯 부스스 깃을 쳤다. 모든 세상 사람들이 서로 자신을 밝히기 위해서 두 눈이 핑핑 돌 정도로 바쁘게 움직이고 있을 때, 나는 깊이 가라앉아 나의 심연에서 들려오는 얘기에 가만히 귀 기울였다. 그것은 바로 사랑이었다. 이렇게 사랑이 담긴 시간 속에서만이 진실로 모든 것이 시작되고, 진실로 모든 것이 끝난다는 것을 나는 오한처럼 온몸으로 느낄 수 있었다.

나는 시간의 눈썹을 만져 보았다. 언제나 새것인, 언제나 숫처녀인 시간의 몸을 신비하게 이리저리 만져보았다. 내게 무슨 은총이 있어 이 아름다운 폭포가 끝없이 쏟아지는 것일까? 드디어 나는 '나의 사랑!'이라고 감격에 떨며 시간을 부를 수 있었다.

여행 가방

낯선 나라 호텔 방이다

내가 들고 온 가방 하나가

유일한 나의 알리바이 나의 혈육이다

한밤중 소스라치게 그가 나를 깨운다

창밖의 빗소리 살을 저민다

걸어온 길과 걸어갈 길에 대해

끝나지 않는 바람의 무게에 대해 가만히 묻는다

혼자 싹을 틔우려는 나무처럼 가방이 꿈틀거린다

착한 짐승처럼 곁에 앉아

당신은 누구냐고

왜 자꾸 떠나야 하는 거냐고

당신이 끌고 다니는 이 페허는

대체 무엇이냐고 묻는다

이 밤엔 그가 슬픈 노래를 만드는 시인 같다

나는 대답 대신 이빨처럼 꽝꽝한 지퍼로 물고 있는

시간 속의 모래바람을 조근조근 눌러 준다

머잖아 구겨진 빨랫감 같은 공허들을 토해 놓고

빈 가방이 되어

흐린 기억 속으로 사라질 한 시인을 바라본다

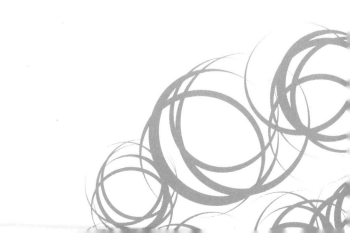

연애 다음으로

나를 들뜨게
하는 것

마음이 메마르고 삶이 더없이 삭막해질 때면 불현듯 새로운 여행에의 꿈을 꾼다. 일상의 사슬에 메인 눈먼 길짐승에서 벗어나 온몸으로 자유의 날개를 펼치고 싶어, 나는 거의 광기에 가까운 여행에의 열망을 품는다.

여행을 위해서라면 왕자님의 무도회에 가기 위해 온갖 고생을 감내하는 동화 속의 콩쥐처럼 계모가 시키는 대로 깨진 항아리에 물도 채워놓고 진종일 방아도 찧는다. 그 대가로 드디어 내가 나에게 비행기 표 한 장을 선물한다.

외국 여행이라는 사실만으로 사람들은 화려하고 여유 있는 호사 취미를 연상한다. 그러나 기실 나의 여행은 가난한 편이다. '가난했으므로 나는 행복하였네'라고나 할까. 형광등의 불빛을 푸르고 시리게 밝혀주는 아르곤처럼, 가난은 나의 여행을 관광과 소비로부터 보호해주고 신선한 모험의 축제로 이어지게 한다.

나는 두툼한 지갑과 트렁크 대신 건강과 열정과 호기심을 챙겨 훌훌 길을 나선다. 그렇지만 배낭을 지고 떠나는 새파랗게 젊은 맹목적인 여행은 결코 아니다. 나는 단체여행을 싫어하고 미리 모험과 위험을 제거해버리고 계획된 순서를 따라가는 깃대 관광도 싫어한다.

나는 낯선 공항에서 갑자기 일정을 바꿔버리고 호텔을 새로 예약하느라 부산을 떨기도 한다. 또 새로운 도시에 내려 서툰 지도를 펴놓고 보물섬을 찾아가는 애꾸눈 선장처럼 비밀의 판독에 열을 올리며 홀로 발이 부르트도록 걷기도 한다. 어느 것을 먼저 볼지 몰라 고심하다가 그만 지쳐서 낯선 식당에 앉아 이름 모를 음식을 시켜놓고 당황해하기도 한다.

편리와 안락으로부터 탈출하기 위해 이렇듯 먼 곳에 홀로 오지 않았던가. 좁은 시장에서 망향에 어지러워 울었던 적도 있고, 이상한 악기를 켜며 벌떼처럼 달려드는 거지들 속에서 문득 생명의 위협을 느낀 적도 있었다. 바로 그런 것을 만끽하기 위해 나는 콩쥐처럼 일했고, 시간을 짜내어 온갖 출혈을 감수하며 떠나온 것이다.

여행! 이것은 내가 이 세상에서 발견한 가장 뜨겁고 황홀한 즐거움 중 하나다. 또한 연애 다음으로 나를 들뜨게 하는 것이 바로 여행이다. 여행을 떠나고 돌아오면 나는 다시 한 번 생에 대한 의욕과 창작에의 열망이 불같이 솟아난다. 숲에서 나와야 산이 보이듯이 여행을 떠나야 비로소 내가 사는 내 나라와 사람들이 확실하게 보여서 새로운 애정의 심지에 불을 댕기기도 한다.

인생은 연습과 반복이 허용되지 않는 철저한 과정이다. 단 한 번밖에 살 수 없는 유일성과 유한성이 인생의 본질이다. 여행처럼 인생을 닮은 것이 또 있으랴. 창작을 위한 가치 있는 체험을 위해서라면 여행 이상의 것이 없다. 수많은 문호文豪들이 여행을 통해 그의 정신을 확장했으며, 가치 있는 체험이 그들의 창작에 얼마나 큰 도움이 되었는지는 이미 잘 알려져 있다. 노벨상을 받은 헤밍웨이가 젊은 시절 안락한 아파트에서 안정된 월급과 편리한 생활도구나 늘어놓고 살았다면 정말 대문호가 되었을까. 천둥벌거숭이로 이곳저곳 이국을 방황했던 젊은 날이 없었다면 그의 생애는 그토록 큰 고딕체로 기록되지 못했을 것이다.

진부한 안정과 지루한 소비적 삶에서 기를 쓰고 빠져나오기 위해 나는 늘 여행을 꿈꾼다. 모험과 호기심과 새로움에 대한 열정으로 살아 있기 위해 늘 여행길에 오른다.

요즘 뭐하세요

누구나 다니는 길을 다니고

부자들보다 더 많이 돈을 생각하고 있어요

살아 있는데 살아 있지 않아요

헌 옷을 입고

몸만 끌고 다닙니다

화를 내며 생을 소모하고 있답니다

몇 가지 물건을 갖추기 위해

실은 많은 것을 빼앗기고 있어요

충혈된 눈알로

터무니없이 좌우를 살피며

가도 가도 아는 길을 가고 있어요

쉽게
산다는 건,

무서운 일

가을 하면 흔히 조락과 결실을 떠올리곤 했다. 그러나 그것은 겉으로 드러난 가을일 뿐, 진실로 깊은 가을은 아니라는 것을 이제 알았다. 어쩌면 진짜 가을의 모습은 눈에 보이는 가을 속에도 있지만 귀로 듣는 가을 속에 있는 것은 아닐까.

저 느릿느릿 다가드는 황혼의 음률 속에서, 아니 가늘고도 신비한 비명을 지르며 떨어지는 낙엽들의 소리 속에서 우리는 전신으로 다가드는 가을의 소리를 진실로 듣고 있는 것이다. 그것은 기실 가을에만 들을 수 있는 신의 숨결 소리요, 신의 발자국 소리인 것이다. 가을의 문턱에 서면 그래서 우리는 잠시 지나온 삶을 돌아보고 문득 생의 이치를 생각하는 순간, 전율하게 된다. 삶이란 무엇일까. 목숨이란 무엇일까. 어떻게 사는 것이 잘사는 것일까. 우리는 새삼 철학자처럼 숙연해지는 것이다.

"죽음을 향해 사는 사람은 바보인 것입니다. 왜냐하면 삶은 현재이니까요. 유리잔이란 깨어지기 위해 만들어지는 것이 아닙니다. 그것은 포도주에 비춰 번쩍거리기 위해 만들어진 것입니다. 설혹 언젠가는 깨어질 것을 알고 있을망정……."

가을의 내음이 코끝에 스쳐오는 순간마다 나는 다시 한 번 제임스 크뢰스의 인용구를 떠올려 보며 그 의미심장한 목숨의 의미를 새겨보지 않을 수 없다. 그렇다면 나는 지금 포도주에 비춰 어떻게 번쩍거리고 있는 것일까. 언젠가는 깨어질 것을 알기에 더욱 기쁘게 번쩍거리고 있는 것일까.

며칠 전이었다. 오전 강의를 마치고 물먹은 풀솜처럼 지쳐 집으로 돌아오는 길이었다. 워낙 새벽부터 설쳐댄 탓인지 시간은 아직 오후 한 시가 조금 못 되었고 해는 중천에 떠 있었다. 그러나 미처 화장도 하지 못한 얼굴은 밉다기보다 초라했고, 아침부터 강의실 복도에 세워둔 자판기에서 뽑아낸 싸구려 커피만 마셔댄 탓으로 약간의 어지럼증마저 일고 있었다.

바로 이런 때 나는 바깥일에 대한 포기에의 유혹을 강하게 느꼈다. 그저 이쯤에서 대강 때려치우고 현재를 편하게 살고 싶은 유혹이 강하게 나를 흔드는 것이었다. 적당히 체념할 것은 체념하고, 모험을 택해 힘들고 괴롭게 살기보다는 누릴 수 있는 것은 모두 누리며 살면 어떨까. 무거운 짐을 가득 진 한 인간이 되기보다, 영원한 여성으로서 적당히 매달려서 종속적이고 수동적인 삶을 누리며 편히 살고 싶다는 충동이 강렬하게 솟는 것이었다. 이러한 포기에의 유혹이 여성을 영원히 사회적으로 고립시키는 가장 무서운 장애 요소이지만 아무튼 나는 그런 충동을 그 순간 강하게 느꼈다.

마침 우체국 앞을 지나 아파트 광장으로 막 돌아서려던 참이었다. 저쪽에서 나이 든 두 여자가 걸어오고 있었다. 그들은 한 손에 비닐 가방을 하나씩 들고 있었다. 머리가 흠씬 젖어 있는 것으로 보아 틀림없이 헬스클럽이나 수영장에서 나온 길인 것 같았다. 향긋한 샴푸 내음을 풍기며 그녀들이 내 가까이 왔을 때 나는 그녀들이 둘 다 쌍꺼풀 수술을 했다는 사실을 금방 알아챌 수 있었다. 아마도 주름살도 조금씩 편 것 같았다. 여유 있는 중년 부인들의 한유한 모습임에 틀림없었다. 그런데 이게 웬일이람. 그녀들이 바로 내 곁을 스쳐갈 때였다.

"어머나, 언니, 이게 몇 년 만이죠?"

그중 한 여자가 반색을 하며 내 손을 덥석 잡는 것이었다. 순간 기가 막혔다.

'저렇게 나이 든 늙은 여자가 날더러 언니라니……. 그렇다면 나는?'

낭패스럽고 어안이 벙벙해서 서 있는 내게 그녀가 말을 이었다.

"언니, 얘도 기억나시죠? 글쎄 얘가 그때 왜 영어 잘하던 김종수 씨와 결혼했잖아요. 너무너무 잘사는 거 있죠. 우리 둘 다 이 아파트에 살아요."

그리곤 다짜고짜 자기네 아파트로 차를 마시러 가자며 내 팔을 끄는 것이었다. 그리고 보니 그녀들은 내 고등학교 한 학년 후배들로서 그 당시 꽤 진지했던 문학소녀들이었다.

"언니는 사회활동을 계속해서 참 좋겠어요. 우리는 맨날 집에만 있으니 한심할 때가 많아요."

나는 나도 몰래 픽 웃음을 터뜨렸다. 정말 인간이란 어떻게 살아야 하는 것일까? 이렇게 살아도 저렇게 살아도 후회하는 것일까? 나는 그녀들을 따라가서 모처럼 살아가는 얘기를 나누며 여유롭게 차를 한잔 마시고도 싶었으나 그냥 적당히 얼버무리고는 돌아섰다. 우선 나이 든 여자들이 언니라고 불러주는 게 영 내 기분을 상하게 만들었던 것이다. 참혹하게도 바로 그녀들의 모습은 나의 선명한 거울이었던 것이다.

나는 다시 한 번 속으로 철학자 같은 의문 부호를 떠올리며 집으로 돌아왔다. 영원히 번쩍거릴 수 없음을 아는 까닭에 순간 순간 가장 아름다운 모습으로 빛나는 유리잔처럼, 우리는 어쨌든 현재의 시간에 최선을 다하며 살아야 하는 것임에 틀림없다고나 해야 할까. 그러고 보니 나는 그동안 유리잔을 붉은색 포도주로 채우느냐, 푸른색 포도주로 채우느냐 하는 것에만 신경을 곤두세우며 살았던 것 같다. 너무 비교에만 열을 올리고 살면서 어느 것이 더 좋고 어느 것이 더 멋있느냐만 집요하게 따지곤 했던 것이다.

창문을 여니 서늘한 가을바람이 전신을 흔든다. 신의 다정한 목소리가 들려온다. 어디선가 결실이 익어가는 소리도 들려온다.

삶이란 무엇일까,

목숨이란 무엇일까,

어떻게 사는 것이

잘사는 것일까.

"응"

햇살 가득한 대낮
지금 나하고 하고 싶어?
네가 물었을 때
꽃처럼 피어난
나의 문자
"응"

동그란 해로 너 내 위에 떠 있고
동그란 달로 나 네 아래 떠 있는
이 눈부신 언어의 체위

오직 심장으로
나란히 당도한
신의 방

너와 내가 만든
아름다운 완성

해와 달
지평선에 함께 떠 있는

땅 위에 제일 평화롭고
뜨거운 대답
"응"

말하지
않음이

말하는 것

언제부터인가 머리맡에 오래된 나무토막 하나를 걸어놓고 즐겨 바라본다. 그 나무토막에는 〈無言〉이라는 붉은 글씨가 음각되어 있다. 이것은 정릉 어느 절에 갔을 때, 창唱을 하는 후배가 뒤뜰 부엌에서 주워다 준 것이다. 아마 옛날 스님들이 면벽수도面壁修道할 때 앞에 걸어놓았던 것을 이제는 불쏘시개로나 쓰려고 쓸어 모아둔 것이었나 보다.

무언無言. 이것을 손에 쥐는 순간 나는 이상한 감동을 받았다. 뛰어넘지 못하는 한계 밖에서 이 나무토막 하나를 벽에 걸어놓고 괴로워했을 어느 젊은 스님의 고뇌가 그대로 가슴에 젖어왔던 것이다. 나는 그것을 가슴에 안고 집으로 돌아왔다.

무언이라……. 생각할수록 좋기는 했지만 나는 무언은커녕 늘 말의 과잉 속에서 헐떡거리며 살았다. 절제를 알기엔 너무 젊었으며 내 필연의 작업은 문학이라는 미명하에 늘 말의 보따리를 여기저기 쏟아놓기 일쑤였다. 그럴듯하게 치장된 말을 쏟아놓을수록 나는 스스로 빛난 듯 착각했으며, 세속의 박수에 귀가 젖어서 맑은 원시의 순수함을 스스로 차단시켜버렸다. 그러나 기실 그 사실조차 의식할 겨를이 내겐 없었다. 그런 바쁜 일상을 즐겼으며 또 뒤를 돌아볼 겨를도 없이 황홀히 쏟아지는 앞을 헤쳐 나가기에만 분주했기 때문이다.

그러다가 나는 외지로 나갔다. 초등학교 시절, 지리 시간에 세계에서 가장 큰 도시는 뉴욕이라고 정확하게 외웠던 바로 그 섬뜩하고 아름다운 도시로 가게 된 것이다. 그런데 참으로 어이없는 일이 일어났다. 그 뉴욕이란 곳에서 가장 먼저 운명적으로 만난 것이 바로 무언이었다.

내 나라 내 땅에서 만날 수 없었던 무언을 이 멀고 거친 남의 땅에서 만나게 되다니……. 내가 떠나올 때 나는 이 도시에서 좀 더 다른 것을 만나리라 상상했었다. 좀 더 번쩍이는 것, 좀 더 엄청난 것과 만나리라 상상했었다. 이 마천루의 밀림, 세계 문명의 1번지 뉴욕에서, 정릉 산골짜기 절간 부엌에서 주워온 무언 따위를 만나리라곤 어느 망발의 순간에도 꿈꾸어보지 않았던 것이다.

그러나 나는 뉴욕에서 가장 먼저 무언을 만났고, 그리고는 몹시 당황했었다. 비록 그 무언이 나의 자의적 의지가 아닌, 외부적 상황과 차단으로부터 도래한 것이라 해도 나에겐 무언이 오긴 왔던 것이다. 나는 완전한 하나의 섬이 되어버렸다. 작은 아파트에 전화가 하나 매달려 있긴 했지만 진종일 가야 잘못 걸려오는 전화 한 통 오지 않는 완벽한 정적이 나를 감싸버렸다. 일상적인 불편을 해소시켜주는 그 나라의 말을 하루면 한두 마디 내뱉긴 했지만 그것은 말을 한 것이 아니고 하나의 기호를 던진 것에 불과했다. 말이란 좀 더 영혼적인 것, 좀 더 체온적인 것이 섞여야 하지 않겠는가.

괴로운 일이었다. 말을 하고 싶어 미칠 것만 같았다. 나는 늘 말에 허기가 져서 애꿎은 빵만 씹고 또 씹었다. 그래도 늘 배가 고팠다. 내가 공부하던 학교는 바로 워싱턴 광장을 둘러싸고 있었는데, 그 광장에는 쓸쓸한 사람들이 모두 나와 혼자 시간을 보내고 있었다. 햇빛을 혼자 즐기며 혼자 웃고 혼자 말하는 사람들로 가득했다. 마약 중독자와 집 없는 사람들도 함께 있었지만, 그들도 그리 된 데에는 고독이라는 병이 주된 이유였다. 나는 그들을 보며, 혼자서 늘 이렇게 외쳤다.

"저건 남의 이야기가 아니다. 나도 머지않아 저렇게 되리라."

괜스레 속에서 뜨거운 것이 솟구쳤다. 하루는 너무 말이 하고 싶어서 이런 일을 벌인 적도 있었다. 학교 도서관 4층은 담배와 커피를 허락하는 구역인데 그곳에 가서 한 학생에게 말을 걸었다.

"너 담배 한 개비 줄 수 있겠니?"

나는 물론 담배를 전혀 필 줄 몰랐다. 그러나 그의 대답은 너무도 간단했다.

"슈어(그래)."

그리곤 기꺼이 담배 한 개비를 뽑아주고는 그만이었다. 동전만 넣으면 무엇이든 기계에서 정확하게 나오는 나라, 말할 필요가 없을 정도로 편리한 일상생활, 심지어 싸우고 싶어도 싸울 일이

한 번도 없는 나라. 그런 나라에서 나는 무언의 늪을 혼자서 헤엄 치고 있었다. 비록 타의적 상황으로 얻은 것이지만 한참 후 나는 상당히 무언에 순응하게 되었다. 가슴 깊숙이 새로운 그 무엇이 차올라 나를 뭉클하게 해주는 것이었다. 나에게서 말을 없애버리고 나면 나는 참으로 아무것도 아닌 존재일 뿐이었다. 굴욕스럽지만 나는 그것을 알아차렸다.

나뭇가지의 무성한 잔가지들을 정지해버리듯 나는 나에게서 무성했던 말들을 쓸어버리고, 박수와 화답에 길든 버릇없는 귀도 씻어버렸다. 그리고 우두커니 빈 겨울나무로 서 있듯 나의 오만함을 조금 갖고 내 나라로 돌아왔다. 그러나 반가운 친구들, 그립던 것들을 만나면서 웬지 조심스러워하고 떨려하는 나를 발견했다. 예전처럼 자신만만하거나 편하지 않았던 것이다. 나는 말이 무서워진 것이다. 그래서 얼마 전 골방에서 그 옛날 두고 간 나무 막대기를 다시 찾아 걸었다. 그것에는 여전히 어느 스님의 고뇌처럼 붉은 음각으로 '無言'이라 새겨진 글자가 선명했다. 나는 그것을 바라보며 끝없는 구업口業의 길을 생각했다.

말이란

좀 더 영혼적인 것,

좀 더 체온적인 것이

섞여야 하지 않겠는가.

순간

찰랑이는 햇살처럼
사랑은
늘 곁에 있었지만
나는 그에게
이름을 달아주지 못했다

쳐다보면 숨이 막히는
어쩌지 못하는 순간처럼
그렇게 눈부시게 보내 버리고
그리고
오래오래 그리워했다

그 새벽의

푸른 순간들

새벽에 문득 눈이 떠지고 다시 잠들지 못할 때가 있다. 커다란 흰 새가 깃을 푸드덕 펴듯이 아침이 깃을 펴고 서서히 나의 창으로 다가드는 모습을 숨죽이고 응시하고 있으면 나는 마치 푸른 수 초가 우거진 수심에 깊이 가라앉아 있는 듯 착각에 빠진다.

부드럽고 아름다운 시간이 사방에서 출렁거린다. 살아 있다는 것이 행복한 것 같기도 하고 슬픈 것 같기도 한, 그런 시간이 바 로 새벽이다. 부드러운 수초를 제치고 일어나 창을 열면 신선한 새 옷 냄새를 풍기며 새벽바람이 훅, 하니 달려든다. 새벽을 한 입 베어 문다. 알 수 없는 감격으로 콧마루가 찡해온다.

조금도 때 묻지 않은 오늘이라는 시간이 내 앞에 송두리째 자신 의 나신을 드러내놓고 서서히 다가오고 있다. 나의 내부에서 쏴, 하니 깨끗한 샤워소리가 들린다. 건너편 집 창이 드르륵 열린다. 이어 베란다에 흰 요가 내걸린다. 나는 미소를 머금는다. 그 집에 는 아마도 지독한 오줌싸개 녀석이 자라고 있는 모양이다. 어제 도 저 집 베란다에는 예쁜 세계지도가 그려진 흰 요가 진종일 햇 살을 받고 널려 있었다. 그 애가 키를 쓰고 우리 집에 소금을 받 으러 온다면 참 반가울 것 같다. 그러나 요즘에는 오줌싸개를 고 치는 약이 있으니 누가 키를 둘러쓰고 소금을 얻으러 오겠는가. 그런 미신적인 풍속 따위를 믿는 사람이 이젠 아무도 없다.

어렸을 때 우리 어머니가 자란 집 앞 골목에 있는 큰 바위를 본

적이 있었다. 모처럼 친정에 가신 어머니는 가던 길을 멈추고 그 바위를 한참이나 들여다보며 감탄에 겨워 소리를 치셨다. 어머니가 어렸을 때, 오줌을 싸서 챙이(키)를 뒤집어쓰고 옆집에서 소금을 받아가지고 오다가 바로 그 바위에 걸려 넘어져서 울었던 기억이 난다며 무척 반가워하셨다. 그 순간 어머니는 이미 쉰이 넘는 초로의 여인이 아니었다. 그 옛날의 코흘리개, 그 천진한 오줌싸개로 보였다. 사십 년, 오십 년을 순식간에 뛰어넘게 하는 그 마법의 바위를 어머니는 자신의 추억 속에 고이 담고 있었던 것이다.

내 새벽의 추억 속에는 무엇이 있는가. 아버지의 푸른 발자국 소리와 어머니의 부지런한 숨결소리가 선명하게 인화되어 있다. 어린 시절 새벽에 눈을 뜨면 언제나 내 곁에는 아버지도 어머니도 없었다. 무섭기도 하고 좀 외로운 것 같아 그대로 가만히 누워 있으면 이내 얼마 안 가서 아버지의 푸른 발자국 소리가 토방을 타고 들려왔다. 아버지는 어느새 마을 앞의 논들을 한 바퀴 둘러보고 오시는 길이었다.

그때마다 아버지는 늘 혼잣말로 말씀을 하셨다. 올해도 시절이 가물어서 큰일 났다든가, 아니면 벌써 어느 논엔 벼멸구가 생겼다는 탄식의 소리였다. 그때 부엌 쪽에서는 으레 또 어머니의 혼잣말 같은 두런거림이 튀어나왔다. 땔나무가 아직 물에 젖어 연기가 맵다든가 메주에 곰팡이가 너무 슬었다는 등의 말이었다. 이렇게 서로가 마치 혼잣말처럼 살림을 의논하는 별난 부부의 대화법이 그곳에 있었다.

나는 그때 다시금 그 두 목소리에 편안해져서 스르르 눈을 감았다. 들에는 찔레꽃이 흐드러지게 피어 있었고, 찔레 덩굴 밑에는 새파란 찔구(새순)가 자라고 있었다. 찔레가 끝도 없이 피어 있는 윗동네에는 긴 기차굴이 있어서 사람들은 그 동네를 굴 앞이라고 불렀다.

굴 앞에 사는 애들은 대개가 싸움 대장들이었다. 하나같이 얼굴에는 손톱자국이 그어져 있었고 손톱 밑은 까맸으며 눈동자는 반짝반짝 빛이 났다. 그중에서도 가장 힘세고 용감한 본옥이라는 애는 쥐나 살쾡이도 손으로 쥘 수 있는 무서운 아이였다. 그런데 그 애가 나를 쫓아온 적이 있었다. 내가 입은 예쁜 비옷에다 침을 마구 뱉으며 깔깔거리며 따라왔던 것이다. 언뜻 보니 손에 무슨 검은 끈 같은 것을 흔들면서 쫓아오는 것이었다. 그것은 뱀이었다.

나는 너무도 무서워서 하늘이 빙빙 돌 만큼 뛰고 또 뛰었다. 그러나 맨발인 그 애는 나보다 훨씬 더 잘 뛰었다. 흡사 나는 것만 같았다. 얼마를 이렇게 뛰었을까? 드디어 우리 집이 저만치 보이는 골목길에서 그만 나는 넘어지고 말았다. "악!" 하고 비명을 지르며 넘어졌을 때 그 애의 검은 그림자와 함께 뱀의 섬뜩한 비늘의 감촉이 목덜미를 타고 흘러내렸다.

"아가, 이 닦고 밥 먹자."

어머니는 이불을 제치며 밥상을 건넌방에 갖다놓으셨다. 꿈을 꾼 것이었다. 그때 나는 따스한 요 위에서 마지못해 몸을 일으키다 말고 천장이 빨갛게 웃고 있는 것을 바로 감지했다. 하얀 요 위에 마치 세계 전쟁이 휩쓸고 간 후의 아프리카와 같은 그림이 거기 있는 것이 아닌가.

그래서 그날 나는 키를 둘러쓰고 소금을 얻으러 갔었던가? 다행히도 그런 기억은 없다. 왜 어머니는 나에게 키를 들러 씌워주지 않았을까? 어머니에게 그것은 참으로 수치스럽고 괴로운 일이기에 나에겐 시키지 않았던 것일까? 나는 하마터면 재미있을 뻔했던 추억 하나를 어머니의 사랑 때문에 갖지 못한 것을 새삼 아쉬워하다 말고 부스스 몸을 털었다.

그 시절 내 새벽의 추억은 이렇게 목화송이처럼 창가에 가득히 피어나고 있었다.

부드럽고 아름다운 시간이

사방에서 출렁거린다.

살아 있다는 것이

행복한 것 같기고 하고

슬픈 것 같기도 한,

그런 시간이 바로 새벽이다.

오수에 젖어

내 좁은 서재에 쓰러져
깜박 잠이 들면
나는 물이 되어
진종일
시인들의 나라를 적시운다

내 천성의 게으름은
예세닌과 황진이가 1년간이나
서로 살을 비비고 있는 것을
방치하고

〈중국의 붉은 별〉이 고압선을
두르고 서서
로자 룩셈부르크 양을 보고
찡그리고 있는 것을 보아도 무관하다

저 죽어서도 영면 못할
엉성한 시인들의 언어에
내 귀는 얼얼하고

거기에다가 최근엔
제3세계의 독화살까지 날아와
나를 어지럽게 졸라댄다

그뿐인가
여권운동가 미네엄 슈네어가
빙초산을 내 눈에 뿌리고 가면
젊은 헤밍웨이의 카페오레도
나는 싱거워
그만 물이 될 수밖에 없다

내 좁은 서재에 끌려온
시인들의 무력과 시인들의 가성에
넝쿨장미처럼 칭칭 몸이 감기어

나는 누워서
천년의 미래로 자꾸만 떠내려갈 수밖에 없다

나의 서재

이야기

나만의 방 하나를 갖는 것이 오랜 내 소망 중 하나였다. 나날이 가격이 치솟는다는 무슨 집을 원하는 것도 아니련만 그 소망은 쉽게 이루어지지 않았다. 그래서 내겐 안방은 있었지만 독방이 없어 늘 전전긍긍했다. 텔레비전이 있고 한쪽에 세금고지서가 놓여 있고 화장 거울 따위가 걸려 있는 안방에서 나는 시를 쓸 수가 없었다. 시는커녕 생활이 전신에 묻어 있어 그만 삶 속에 익사해버릴 것만 같았다. 나만의 방을 갖게 된다면! 나는 밤마다 축복처럼 시를 쏟아놓는 진짜 시인이 될 것만 같았다.

그러다가 드디어 내 방 하나를 갖게 되었다. 아파트로 집을 옮기면서 마루 옆에 달린 엉거주춤한 방 하나를 차지하게 된 것이다. 그 방이 내 방이 된 것은 무엇보다도 그동안 적잖이 불어난 책 때문이었다. 더 이상 여기저기 분산해서 책을 꽂을 수 없게 된 것이었다. 그래서 나는 서재라고 부르기엔 아주 작지만 아무튼 사방에 책을 가득 꽂아놓고 혼자 원고도 쓰고 음악도 들으면서 맘껏 부스럭거릴 수 있는 독방을 갖게 되었다. 더구나 그 방에는 한강이 훤히 보이는 창이 있었다. 창밖으로 자동차가 다니는 소리가 조금 소란스럽긴 했지만, 그 소음도 한강 위로 져가는 저녁노을과 철새, 그리고 추상화처럼 아름다운 구름까지를 어쩌지는 못했다.

그 방에 처음 책을 들여놓던 날, 그러니까 아파트로 이사한 첫날 밤, 나는 전신이 물 먹은 풀솜처럼 노곤했지만 오래도록 잠들지 못했다. 무더기, 또 무더기…… 아무렇게나 쌓아올린 책 더미 속에 누워서 여드름이 솟기 시작한 사춘기 어느 밤처럼 괜히 가슴이 부풀어서 어쩔 줄 몰랐다.

'이 방에서 이제부터 진실로 스스로에게 부끄럽지 않은 좋은 글을 써야지. 무엇보다 내 눈을 투명하게 밝혀줄 좋은 책을 많이 읽어야지.'

그러고 보니 언제부터 읽어야지 벼르기만 하고 그대로 잠재워둔 책이 너무 많은 것 같았다. 읽지 않고 쌓아둔 책은 종이더미와 무엇이 다르랴. 나는 책 더미에 누운 채로 머리맡에서 아무렇게나 손닿는 대로 책을 뽑아내어 읽는 재미에 몰두해갔다.

탄식도 일종의 진술
그런가 하면 일종의 경청
혹은 일종의 고함
혹은 일종의 울음
허나 탄식은 늘상 일종의 경청
누군가의 말을 듣는 것이거늘.

에른스트 얀들의 〈탄식〉이라는 시였다. 재미있었다. 마치 송편 속에서 깨를 씹는 것처럼 전신의 피로가 싹 가시는 것 같았다.

아무렇게나 또 다른 책 한 권을 뽑아들었다. 이번엔《아함경阿含經 이야기》였다. 아함경은 일찍이 불타가 무엇을 설파했으며 어떻게 말했던가를 그대로 알 수 있는 불교의 근본 성전이다. 나는 잠시 아함경의 세계에 빠져들다가 이내 또 다른 책을 순례했다.

이렇게 그날 밤 나는 먼지투성이 책 더미 속에서 꼬박 밤을 새웠다. 참으로 행복한 밤으로의 긴 여로였다. 나는 서재를 그대로 책 더미 상태로 두기로 했다. 사방으로 책꽂이를 세워놓고 대충 책을 가려서 꽂고 보니 방이 워낙 작은데다가 책꽂이가 터무니없이 부족해서 책을 거의 반밖에 꽂을 수 없었다. 그래서 책을 마치 흙더미처럼 사방으로 빙 둘러 쌓아놓고 한가운데다 책상을 갖다 놓았다. 어린 시절 마른 풀숲 더미 속에 들어앉아 소꿉놀이를 했을 때처럼 그것은 너무도 아늑하고 재미난 공간으로 탄생했다.

책이란 꼭 도서관처럼 잘 분류되어 질서 있게 꽂혀야만 하는 것일까. 물론 그렇게 꽂혀 있으면 찾을 때 손쉽게 빼낼 수 있어 우선 편리하고 시간도 절약할 수 있으며, 또 사방의 질서를 개운하게 잡을 수 있어 좋겠지만, 의외로 이러한 책 더미 속 공간도 글쓰기에 좋은 분위기를 자아내고 있어서 내 스스로도 놀랄 지경이었다.

나는 그렇게 책 더미 속에서 살기로 결정했다. 톨스토이는 성경을 읽는데 처음부터 읽거나 읽고 싶은 곳부터 찾아서 읽지 않고 아무 곳이나 바람이 펼쳐주는 대로 읽었다지 않는가. 그것과는 좀 다른 얘기일지 모르지만 책을 인위적으로 분류하지 않고 자연에 맡겨서 제가 가고 싶은 데로 가게 하고, 내가 그것들을 따라다니는 것도 재미나고 새롭다는 생각도 들었다. 실제로 그렇게 따라다니다가 참으로 의외의 것을 만날 때도 많았다. 책 하나를 찾기 위해 여기저기 쑤시다가 우연히 발견되는 보석 같은 책들은 나의 눈을 반짝 뜨이게 해주었다.

나의 자유분방한 이 책 더미 서재는 방문객에게 언제나 흥미와 난색을 동시에 가져다주곤 했다. 어떤 이는 이 방 주인의 게으름에 우선 놀라버렸고, 또 어떤 이는 책장에 미처 꽂히지 못하고 마치 마이산 돌탑처럼 무더기로 쌓여 있는 책탑 속에 살고 있는 방 주인을 몹시 부러워하기도 했다. 오랫동안 독방을 갖고 싶었던 나의 소망은 마침내 이런 모습으로 이루어졌다.

자유분방한 책탑 사이로 건너다보이는 한강변의 은빛 철새들의 모습도 오늘 유난히 한가롭게 보인다.

무더기, 또 무더기……

아무렇게나 쌓아올린 책 더미 속에 누워서

여드름이 솟기 시작한 사춘기

어느 밤처럼 괜히 가슴이 부풀어서

어쩔 줄 몰랐다.

은밀한 노래

온몸을 쥐어짜는 염소의 울음에

벌판의 풀들이 흔들린다

네 바로 딛고 있는 이 지상을

곧 떠나리라는 것을

염소도 풀들도 다 아는가 보다

저 지렁이도 아는가 보다

꿈틀댈 때마다

흙모래가 떨어진다

흐린 날이 아니어도

허공 가득히 검은 새들이 날아가고

꽃들은 서둘러 씨방을 만들어

몸속 가장 은밀한 곳에

간직하는 것을 보니

다 알고 있나 보다

길은 어디든 있을 뿐이며

지금 이 순간이 전부라는 것을

오늘도

가능성
백 퍼센트!

찬바람이 불고 날씨가 추워지면 외투 깃을 올리고 목을 움츠리듯이 마음도 사뭇 움츠려들고 스산해진다. 시간이란 놓치고 난 후에라야 그 가치를 아는 보석인가? 그냥 강둑에 쌓인 돌멩이인 줄 알고 무심히 강물에 던져버렸던 그 많은 돌멩이가 나중에 보니 황금덩이어서 가슴을 치고 슬퍼했다는 이야기. 그 이야기 속의 소년처럼 한 해가 저물어가는 이 시간에야 비로소 지난 시간과 내 자신을 깊이 들여다보게 된다.

그동안 시간이란 황금을 나는 어디에 어떻게 던져버렸는가? 저물어가는 뜨락, 알알이 고개 숙인 열매를 보며 더욱 많은 생각에 잠기게 된다. 철학자가 아니라도 모두가 삶의 이치를 곰곰이 되새겨보면서 남은 시간을 좀 더 뜨겁게 끌어안고 싶다.

어떻게 살 것인가? 살면 살수록 이 문제가 그토록 어려워진다. 나대로의 길을 잘 가고 있다가도 이내 흔들리고 있는 것은 무슨 일인가. 시간이라는 황금을 돌멩이처럼 아무렇게나 쓰지 않으려고 기를 써보지만 내 의지와는 달리 이내 헛돌기 일쑤이고 지쳐서 체념한 채 그냥 끌려가고 만다. 말하자면 시간의 주인이 아니라 시간의 부속물이 되고 마는 것이다. 시간이라는 말馬 위에 올라타서 명장처럼 힘차게 달려갈 수는 없을까.

마지막 가을 햇살에 과육이 달게 익듯이 남은 시간 쪽에 눈길을 주며 차분히 옷깃을 여며본다. 세상은 바라보기에 따라 그 색깔이 얼마든지 달라질 수 있다. 그렇다면 지금까지의 모든 체험, 지금까지의 모든 실수와 상처를 오직 나만의 재산으로 힘껏 끌어안아보고 싶다.

언젠가 들은 우스개 같은 일화가 쉽게 잊히지 않는다. 두 사람의 세일즈맨이 아프리카로 출장을 갔다. 그곳에 신발을 수출하기 위해서였다. 그런데 정작 가서 보니 기가 막힌 일이 아닌가. 아프리카 사람들은 모두 신발을 신지 않고 그냥 맨발로 살고 있었던 것이다. 할 수 없이 두 사람은 한동안 그곳을 답사한 후에 각자 본사로 팩스를 보냈다. 한 사람의 내용은 당연히 이랬다.

〈신발 수출 불가능. 아프리카 사람들은 신발을 신지 않고 살고 있음.〉

어쩌면 그것은 조금도 하자가 없는 실상 그대로의 내용이었다. 그러나 다른 한 사람의 내용은 다음과 같았다.

〈황금시장. 가능성 백 퍼센트. 전원 맨발임.〉

참으로 기막힌 시각의 차이였다. 아무튼 나는 이 일화를 떠올릴 때마다 괜스레 감격스러워져서 혼자 콧마루를 시큰거리곤 한다. 그래서 기운이 빠지고 모든 것이 비관적이어서 괴롭고 외로울 때마다 이 이야기를 떠올려보곤 한다. 똑같은 상황, 똑같은 문제도 그것을 해석하고 대응하는 자세가 이처럼 다를 수 있을까. 사막을 단지 사막으로 보는 눈과 황금시장으로 보는 눈의 차이는 무엇일까? 그것은 아마도 하늘과 땅의 결과를 가져올 것임에 틀림없다. 모든 맨발에 신발을 신길 수 있다는 긍정적인 마인드!

그것은 단순히 긍정만이 아니라 생에 대한 눈부신 열정이리라.

이제 가을이 점점 깊어가고 있다. 산과 들의 모든 살아 있는 것들이 조용히 날개를 접고 제자리로 돌아가고 있다. 심지어 이름 모를 새들마저도 떼를 지어 따뜻한 나라를 찾아 떠나가고 있다. 물론 그것이 모든 것의 마지막을 의미하는 것은 아닐 것이다.

나무 끝에 매달린 열매 속에는 어김없이 까만 씨앗들이 숨 쉬고 있음을 우리는 잘 알고 있다. 여름내 뜨거운 폭양을 견디고 익었던 열매들……. 가을이 괴어 아름답게 물들었던 결실은 결국 미래에 대한 더 큰 약속이었다. 겨울을 애써 견디고 봄이 오면 더욱 견고하게, 더욱 눈부시게 새싹을 마련하려는 무서운 꿈의 씨톨이었던 것이다.

내 가슴속에도 한 알이나 두 알쯤 견고한 씨앗이 숨 쉬고 있다는 것을 나는 믿는다. 때로는 너무 바빠서 허둥거리며 보냈던 시간들 속에서 그래도 참고 견디게 했던 그 어떤 힘, 흔들리고 방황할 때마다 결국 제자리로 돌아와 다시 서게 해주었던 그 보이지 않는 힘이 이제 씨앗처럼 익어가고 있음을 나는 믿는다. 그 씨앗이 내일쯤엔 무성하고 탐스러운 나무가 될 것임을 나는 또한 확신하는 것이다. 나는 오늘밤 나에게 이런 팩스를 보낼까 한다.

〈황금시장, 오늘도 가능성 100퍼센트!〉

혼자 가질 수 없는 것들

가장 아름다운 것은
손으로 잡을 수 없게 만드셨다
사방에 피어나는
저 나무들과 꽃들 사이
푸르게 솟아나는 웃음 같은 것

가장 소중한 것은
혼자 가질 수 없게 만드셨다
새로 건 달력 속에 숨 쉬는 처녀들
당신의 호명을 기다리는 좋은 언어들

가장 사랑스러운 것은
저절로 솟게 만드셨다
서로를 바라보는 눈 속으로
그윽이 떠오르는 별 같은 것

그 아까운

추억의
조각들

이 세상은 "하나의 커다란 정신병원이고 우리는 그 안에서 조금
씩 정신병을 앓고 있는 환자"라고 어느 괴벽한 천재시인이 말했
다. 앙상한 나무처럼 밋밋하게 서 있는 12월의 숫자를 바라보며
문득 이 말을 떠올려본 것은 이렇듯 스산한 초겨울의 정서가 우
리를 어지럽고 쓸쓸하게 만들기 때문인지 모르겠다.

지난 시간은 참으로 뜨거웠다. 아직 하나의 여백이 남아 있어서
이 해를 순순히 돌아보기에는 좀 이른 지금이지만, 언제나 그랬
듯이 시간은 숭숭 뚫린 구멍 속으로 잘도 빠져나간다. 그래서 마
지막 남은 한 장의 캘린더가 마치 밀폐된 공간 속에 최후로 비쳐
드는 불빛처럼 안타깝기만 하다. 우리는 서둘러 뒤를 돌아다볼
수밖에 없다. 그런 의미에서 12월은 먼 창공을 바라다보는 계절
이 아니고 조용히 창을 닫고 안으로 젖어드는 계절이다.

능숙한 재단사는 옷을 지을 때 자투리를 내지 않는다고 한다. 그러
나 아직 능숙한 재단사가 못 되는 우리는 수많은 황금 같은 시간
의 자투리를 여기저기 길거리에다 조각내고 말았다. 그 아까운 시
간의 조각들. 생애에 다시는 만져볼 수 없는 햇살들. 처음엔 빨간
낙엽의 잔상을 보이다가 드디어 썩어가는 나뭇잎처럼 떨어져나간
나의 시간들을 어디에서 다시 찾을 수 있을까. 천지신명께 빌되 잃
어버린 시간들을 다시 찾을 수 있다면 한 잎 한 잎 소중히 쓸어 모
아 조각조각 꿰매어서 예쁜 목도리라도 만들어 두르고 싶다.

지금 어디선가 쓸모없이 뒹굴고 있을 나의 조각난 시간들에게 진심으로 사죄의 머리를 숙여본다. 조각나서 아까운 나의 시간들. 조금만 더 깊게 퍼냈으면 좋았을 물 같은 나의 마음 위에 사랑하는 사람들의 얼굴이 그립게 떠오른다.

시간은 화살이었다. 그리고 우리의 마음은 그 화살 끝에 매달린 뜨거운 화살촉이었다. 나의 지나간 시간 위에는 내가 무심코 쏘아버린 화살촉을 맞고 쓰러진 얼굴들이 수없이 많다. 그 얼굴들 중에는 비너스처럼 젊고 아름다운 얼굴들도 있지만, 미움의 화살을 맞고 괴로워하는 얼굴도 있다. 나는 나도 몰래 독 묻은 화살촉을 지닌 몹쓸 사냥꾼이었다. 내가 던진 화살촉을 맞고 쓰러진 그 모든 얼굴들은 이제 모두 낙엽이 된다. 바람이 불 적마다 온몸으로 쓸려가며 한결같이 비명을 지른다.

잊어다오.
나의 낙엽들이여.
다만 강물처럼 고즈넉이 흘러가다오.
지금, 이 시간.
나도 한 잎 낙엽이 된다.
겸허히 고개 숙이는 낙엽이 된다.
온몸이 발그레 타오르는 12월의 낙엽이 된다.

지나간 것들은 모두 아름답다고 한다. 또 아름다운 것들은 빨리 사라져간다고 한다. 그러므로 떨어져 누운 낙엽들은 모두 아름답다. 그 빛나는 다갈색 속에 지나간 시간이 숨 쉬고 있기 때문이다. 사랑은 물론이고 미움조차도 낙엽이 되어가는 이 시간. 서두르지 않아도 그들은 곧 사라져 가리라. 사랑스러운 나의 시간, 나의 마음. 그리고 사라져 갈 낙엽들을 오래 바라본다.

이 세상의 모든 추억이 다 아름다운 이유는 아마도 세월이라는 프리즘을 통해서 들여다보기 때문이리라. 낙엽은 그 자체 속에 시간이 곱게 스며있는 지상地上의 추억이다. 지상의 추억에 귀를 기울이면 모든 것이 눈물겹도록 아름답다. 센티한 것은 유치하다고 하지만 지금 나는 있는 대로 센티해지고 싶다. 지상의 추억이 되고 싶다. 이것은 센티한 것이어서 싫고 저것은 너무 영악해서 접어둔다면 우리들의 생生이란 얼마나 건조해질까?

나는 눈물을 흘릴 줄 아는 사람을 사랑한다. 남몰래 간직해온 진귀한 보석상자를 열고 보석을 홀로 꺼내보듯이, 그런 시간에 눈물을 흘릴 줄 아는 사람을 나는 진정 사랑한다.

살아 있다는 것은

살아 있다는 것은
파도처럼 끝없이 몸을 뒤집는 것이다
내가 나를 사랑하기 위해 몸을 뒤집을 때마다
악기처럼 리듬이 태어나는 것이다

살아 있다는 것은 암각화를 새기는 것이다
그것이 대단한 창조인 양 눈이 머는 것이다
바람에 온몸을 부딪치며
쉬지 않고 바위에게 흰 손을 내미는 것이다
할랑이는 지느러미가 되는 것이다

살아 있다는 것은
순간마다 착각의 비늘이 돋는 것이다

다시 오라,

눈부시게
빛나던 날들

여름 바다는 그 빛깔과 몸짓이 사뭇 거대한 생명을 느끼게 한다. 밤이 되어도 잠들지 않고 끝없는 쇳소리로 누군가를 부르는 바다. 그 앞에 서면 자연에 대한 외경에 저절로 머리카락이 날리고 생에 대한 희열로 숨이 가빠온다.

내가 만난 최초의 여름 바다도 그런 광기의 숨결을 숨기고 있었다. 검은 섬을 여기저기 드러내놓고, 짙푸른 색깔을 끝없이 출렁이며 풋풋한 사춘기 속으로 깊이 스며들었던 여름 바다. 누가 가르쳐주지 않아도 나는 그 여름 바다에서 자연의 섭리와 인간 존재의 유한함에 홀로 울먹였었다.

숨이 막힐 만큼 거대하게 밀려오는 축제처럼 황홀한 여름 바다를 보면 언제나 나의 젊은 날이 겹쳐진다. 무엇을 해도 아름다운 나이, 실수나 실패까지도 아름다운 나이가 바로 그때가 아니었던가. 그리하여 나는 여름 바다의 거칠고 원시적인 해조음을 들으면서 지나간 젊음의 추억을 생각한다.

눈부시게 빛나던 날들, 힘이 넘쳐서 오히려 맹목적이었던 우리의 젊음들. 하지만 나는 어리석게도 저 여름 바다처럼 완강하게 빛나던 우리의 젊음이 그토록 쉽게, 마치 유언비어처럼 잠시 떠돌다 사라진다는 것을 그때는 미처 알아채지 못했다. 아니, 생각으로는 열 번이고 백 번이고 알고는 있었다.

인생은 풀잎 위에 맺힌 작은 이슬이라느니, 세월은 유수와 같다

느니 하는 진부하고 흔해서 실감조차 못할 진리를 나는 머리로
만 알고 있었다. 그러나 그것이 그토록 쉽고 허망하게 바로 내 것
으로 닥쳐올 줄은 꿈에도 몰랐던 것이다.

그 옛날 거울 앞에서 얼굴을 이리저리 손가락으로 비틀어보며
나는 '사람들은 왜 주름이 질까? 내가 만약 주름이 지면 어떤 모
습일까?' 하고 철없는 건방도 떨었으니까. 그리고 초라하게 낡아
가는 다른 모습들을 먼발치로 바라다보며, 그 소외된 모습을 동
정하기도 했었으니까.

그러나 내게도 가을이 왔다. 황홀했던 여름 축제가 끝나고 남은
몇 줄기의 폭양을 받으며 빈 콜라병이 나뒹굴고, 누군가 떨구고
간 슬리퍼 한 짝이 뒹굴 듯이 그런 쓸쓸한 가을바람이 내게도 불
어오기 시작했다. 처음엔 그것이 그냥 눈웃음 같은 것이거나 아
니면 거짓말이려니 하며, 아직도 덜 걷힌 오색 파라솔 아래서 마
지막 여름 햇살을 쪼이기도 했다. 그러나 가을 햇살은 차가운 우
수를 어딘가에 숨기고 거친 숨결의 여름 바다를 하루아침에 그
만 말갛게 가라앉혀버리고 말았다.

온몸으로 철썩이던 여름 바다의 광기와 야성이 그토록 허망하게
끝날 줄은 그 누구도 상상조차 할 수 없었다. 나는 비로소 천천히
뒤를 돌아보기 시작했다. 그리고 젊음의 그 뜨거운 중량 때문에
방황하고 숨 막히게 했던 저 여름 바다가 남긴 사진첩을 조심스

럽게 펼쳐보았다. 손가락 사이로 머리카락 사이로 술술 빠져나
간 은비늘 같은 시간들. 그 아까운 시간의 그물을 나는 촘촘하게
조이지 않을 수 없었다.

덧없이 보내버린 시간을 채우기 위해서 나는 한없이 겸허해져야
하리라. 작열하는 태양 아래 의미 없이 보내버린 나의 사진첩 위
에 의미 있는 하나의 색깔을 칠해야 하리라. 미친 듯이 책을 읽고
미친 듯이 모든 것을 사랑해야 하리라. 하긴 그 누가 시간부자라
고 할 수 있을까? 남은 재고가 얼마인지 그 알 수 없는 목숨의 숙
명은, 기실 젊은 사람이나 늙은이를 차별하지 않는다. 언제라도
우리는 바람에 쓸려가는 낙엽처럼 짧은 비명을 남기고 떠나야
하는 것이다.

나는 진실로 한순간 한순간을 섬광처럼 살아보고 싶었다. 그 누
구와도 다른 오직 나만의 모습으로 눈부시게 질주하고 싶었다.
그 누구와도 다른 오직 나만의 향기로 피어나고 싶었다. 그것은
틀림없이 외로운 질주가 될 것이다. 그러나 천길 물길 아래 잠수
하지 않고, 고통의 불길을 맨발로 밟지 않고 섬광처럼 타오르는
목숨은 없지 않을까.

나는 오래오래 밤하늘의 별을 바라다보았다. 예전엔 그것이 그
저 반짝임으로만 보였는데, 새삼 푸르른 우수로 젖어 있는 것 같
았다. 비로소 나는 나의 눈뜸에 감사했다. 열병 같은 젊음이 사라

진 후에, 축제와도 같은 여름 바다가 밀려간 후에 가을이 하나의 상징처럼 온몸에 풍요로운 결실을 달고 오는 것 같았다.

나는 내 어깨를 두드리는 가을바람에도 아랑곳없이, 다만 온몸으로 나를 데우지 않으면 안 되었다. 내가 살고 있는 이 누추한 주소에 고통과 상처가 함께하더라도 나는 그것을 정면으로 받아들이고 힘껏 끌어안으리라 결심했다. 저 짧고 눈부신 여름 바다의 상징은, 저 겸허하게 고개 숙인 가을 열매의 상징은, 이미 나에게 두꺼운 책 속의 진리가 가르치지 못하는 것을 모두 가르쳐 주었다. 너무 젊어서 맹목적 뜨거움으로 괴로워하기보다는 작은 오솔길을 거닌다 해도, 여름 바다의 의미와 열매들의 상징을 읽을 줄 아는 나이가 더 좋은 것 같다.

이제 나는 창가에 서리라.

가을바람이 불기 전에

홀로 창가에 서서 마지막 폭양을 즐기리라.

여름 풀들이 그 눈부신 빛깔을 감당하지 못해

스스로 가을물이 들어가는 이치를 보리라.

아, 바람이 분다.

나는 진실로 한순간 한순간을

섬광처럼 살아보고 싶었다.

그 누구와도 다른 오직 나만의

향기로 피어나고 싶었다.

아름다운 곳

봄이라고 해서 사실은
새로 난 것 한 가지도 없다
어딘가 깊고 먼 곳을 다녀온
모두가 낯익은 작년 것들이다

우리가 날마다 작고 슬픈 밥솥에다
쌀을 씻어 헹구고 있는 사이
보아라, 죽어서 땅에 떨어진
저 가느다란 풀잎에
푸르고 생생한 기적이 돌아왔다

창백한 고목나무에도
일제히 눈발 같은 벚꽃들이 피었다

누구의 손이 쓰다듬었을까
어디를 다녀와야 다시 봄이 될까
나도 그곳에 한번 다녀오고 싶다

그곳에는

활력이
살아 있다

나는 가끔 시장에 나가기를 좋아한다. 생기 있는 삶의 현장, 그곳에는 우리 인간 세상의 모든 희로애락 喜怒哀樂이 살아 있다. 권태로운 날이거나 혹은 회의와 우울에 빠지는 날에 가면 더욱 좋다. 생선 냄새와 야채 냄새가 전신을 에워싸는 시장에 발을 내딛는 순간, 그런 관념적인 의식들은 어디론가 달아나버리고, 대신 야릇한 생동감과 더불어 생명의 의욕이 솟구치는 곳이 바로 시장이기 때문이다.

거기에는 도무지 나와 같은 유類의 감각과 관념으로 우울감에 빠져 있거나 절망해하는 이는 하나도 없다. 다만 하루하루를 열심히 이겨내는 사람들뿐이다. 나는 언제나 그곳에 가면 진실로 겸손하고 부끄러워진다. 뿐만 아니라 요리법과 식품 저장법을 간단하게 배워오고 생생한 인생철학도 눈으로 익혀 온다. 어느 유명한 여류 명사나 지성적인 사람에게서보다도 더 큰 감동을 얻어올 때도 많다.

얼마 전에는 이런 일도 있었다. 헌옷을 수선하는 아주머니 가게에서 벌어진 일이었다. 가게랬자 말이 가게이지, 단추와 바늘. 실 등을 파는 잡화상 한편에 재봉틀만 하나 덩그러니 놓고 앉아 있는 노점이었다. 한 아가씨가 블라우스를 내밀자 아주머니의 표정이 순간 야릇하게 변했다.

"이거 단추 좀 달아주세요."

아주머니는 아무 소리도 하지 않고 조용히 블라우스를 아가씨가 가져온 봉투 속에 도로 집어넣었다.

"왜 이래요? 단추 달아달라니까. 돈 많이 낸다고요."

그제야 아주머니는 빨간 매니큐어의 손톱이 무척 긴 아가씨를 쳐다보며 담담하게 말했다.

"나, 단추 달아줄 수 없으니 집에 가서 아가씨가 달아 입어요. 부끄럽지도 않아요? 단추를 돈 주고 달다니 말이 되겠어요. 말이?"

그네의 억양은 순간 높아졌다.

"나, 단추 달아주고 돈 벌면 좋지만 그런 썩어빠진 정신으로 주는 돈 벌기 싫어요. 사람이라면 손수 단추 정도는 달아 입을 수 있어야지."

아가씨의 얼굴은 순간 확 달아올랐다. 블라우스를 휙 낚아채며 그녀는 소리를 질렀다.

"흥, 주제 파악이나 하시지. 시장에서 헌옷이나 수선하는 주제에."

아주머니도 이에 질세라 호탕한 한마디를 던졌다.

"그래. 내 주제가 어때서 그래, 나 돈 없어서 주제 파악하고 시장에 나와 수선을 해요. 내 주제가 어때서. 하하하."

아주머니는 당당하게 웃었다. 결코 억척스럽거나 누구를 원망하는 얼굴이 아니어서 나는 더욱 감동을 받았다. 그리고 미끈한 재봉 소리를 내며 블루진 바지 엉덩이를 힘차게 꿰매나갔다.

'아, 멋진 아주머니!'

나는 속으로 혹시 집에 뭐 손을 보아야 할 옷이 없을까 생각해보았다.

'꼭 필요한 것만을……'

시장은 이렇듯 나를 생동하는 삶의 현장으로 이끈다. 시장은 마치 드라마 무대처럼 언제나 새로운 각본과 대사가 읊어지며 이 세상의 축소판으로서 아기자기한 얘기들이 끝도 없이 펼쳐진다. 시장 입구에서 채소 장사를 하는 아주머니도 늘 나의 발길을 멈추게 한다. 시골에서 시계포를 하며 남편과 아들 둘과 함께 한때는 잘 살았다는데, 어느 날 그네 가족은 뜻하지 않은 빚더미에 몰려 맨몸으로 서울까지 오게 되었다. 그네는 달걀을 이고 서울의 골목골목을 돌면서 생계를 꾸려나가지 않으면 안 되었다. 이때 마침 미국에 사는 어떤 분으로부터 두 아들의 양자 제안이 들어왔다. 부부가 며칠 밤을 고민한 것은 당연했다.

'내 삶의 전부인 저 녀석들을 떼어놓다니……'

그러나 '달걀 행상을 하는 어미에게서 자라는 것보다 미국 가서 좋은 환경 속에서 자라는 것이 진실로 너희들 장래를 위해 좋은 길이다'라는 용단을 내렸다. 그리고는 조금도 주저함 없이 아들 둘을 미국으로 보냈다.

참으로 눈물겨운 어머니의 용단이 아닐 수 없었다. 본능적 모성에 집착하지 않고 진실로 한 인격으로서 자식들의 장래를 위해 자신을 절제할 줄 아는 결심이었다. 휴머니즘이니 뭐니 하는 거창한 철학은 없지만, 그네에게는 어쩐지 그 이상의 것이 느껴져서 나는 항상 그네 가게 옆을 그냥 지나치지 못한다. 화려한 의상과 보석반지를 끼고 와서 남의 자식이야 어찌 됐든 오직 내 새끼만 잘 되면 그만이라는 식의 초등학교 운동회나 소풍 때 만난 적이 있는 듯한 어떤 어머니 군상과는 천지 차이라고 할 수 있겠다. 전라도 사투리가 정다운 생선가게와 늘 친절한 멸치가게를 한 바퀴 돌고 나면 그만 나의 보자기는 가득 차고 만다. 어깨가 휘어질 정도로 무겁다. 시장 입구를 나서면 꽃장수 아줌마가 또 나를 붙든다. 물 양동이에 글라디올러스와 국화와 아이리스를 꽂아두고 꽃처럼 부끄럽게 서 있는 그녀는 마흔이라는 나이에 비해 무척 앳돼 보인다. 어제는 부자인 사촌의 얼굴을 텔레비전에서 보았다고 자랑한다. 그녀의 사촌은 손꼽히는 기업체를 가진 부자인데 어제 텔레비전에 불우이웃 돕기 성금을 몇 천만 원 낸 사람으로 소개되었다는 것이다. 그녀가 찾아가면 문도 잘 열어주지 않는다는 사촌은, 아마 양동이에 꽃 몇 송이를 꽂아놓고 파는 그녀의 일을 불우하지 않은 대단한 사업쯤으로 생각하고 있나 보다.

집에 돌아와 시장에서 구입한 꽃을 우선 꽂아놓고, 생선이랑 야채를 펼라치면 왠지 즐겁고 가슴이 포근해진다. 말없이 살아가는 좋은 사람들 대열에 끼여 있다는 즐거움과 살림을 잘 한다는 착각도 들어서 잠시 행복해진다. 우울했던 기분 따위는 말끔히 씻겨나가고 뭔지 모를 감사함이 전신에 스며든다.

시장은 활력을 파는 곳인지도 모를 일이다. 또한 여러 빛깔의 인생을 파는 곳인지도 모를 일이다.

풀들의 길

2월의 산에 올라가 보면
아무것도 아닌 우리가
가만히 제자리에 서 있는 것 하나로도
얼마나 큰 힘을 가졌는가를 안다

드문드문한 잡목 사이
바위 틈마다 메아리 숨 쉬고
지난 추위에 까맣게 탄 화산재 같은
흙을 밀치고
파릇한 봄이 다시 살아나는
2월의 산에 올라가 보면

아무것도 아닌 존재로 우리가
가만히 제자리에 서 있는 것 하나로도
얼마나 무서운 힘을 가졌는가를 안다.
눈부신 신록의 주인임을 안다

가만히
제자리를

지키고 있는 것들

오래전, 경주로 가는 길목에서였다. 가까운 비행장에 내려 비포장도로를 달리게 되었다. 긴 침묵 속에 빠져 있는 나지막한 산과 들을 바라보다 말고 뿌연 먼지를 뒤집어쓰고 있는 길 양쪽에 시선을 두었다. 그리고 순간, 가슴이 덜컥 내려앉는 것을 느꼈다. 이것이 무슨 일이란 말인가. 길 양쪽 언덕배기에 기를 쓰고 피어 있는 들풀들과 잡초들이 너무도 아름답게 보이는 것이 아닌가. 나는 이제야 비로소 눈을 가진 사람이 된 것일까. 순간 스스로를 의심할 지경이었다. 꽃이라고 하면, 적어도 풀이라고 하더라도 으레 색깔이 고운 풀이나 꽃만 예쁘고 가치가 있는 것이라고 생각했는데 저 잡초와 들풀의 순수한 아름다움이 내 눈에 들어오다니…….

결코 계절을 어기는 일 없이 꼭 그 자리에 본래 생긴 그 모습으로 피어나는 저것들. 한껏 생명을 영위하고 있는 들풀들의 힘과 열정이 이제야 내 눈에 보이다니. 나는 감동에 휩싸이지 않을 수 없었다. 저 자잘한 풀꽃들과 잡초들(이 표현이 미안하다)이 이 땅에 봄을 오게 하고, 작열하는 여름의 태양을 이겨낸 커다란 동력이 아니었던가.

더구나 풀꽃들은 파헤쳐진 언덕배기에 뿌리를 반쯤 드러낸 채 바람에 흔들리며 기를 쓰고 언덕을 기어오르고 있었다. 마치 안간힘을 쓰고 있는 우리들처럼 그 모습은 너무 가엾기도 하고 처절해 보였다. 그러나 무엇보다도 그 몸짓에서는 누구도 거역할 수 없는 이상한 힘과 경건함이 느껴졌다.

높은 데서 내려다보면 소꿉장난 같은 우리네의 크고 작은 사람의 지붕들도 저런 모습이 아닐까. 거리마다 넘치는 사람들도 겉보기론 지치고 보잘것없고 나약해 보이지만, 속에는 저러한 억센 힘이 숨어 있는 것은 아닐까. 그리하여 그 누구도 함부로 할 수 없는 엄청난 생명의 힘으로 조용히 역사의 수레를 돌리는 모태가 되는 것인지도 모를 일이었다.

나는 갑자기 힘들게만 여겨졌던 나와 내 이웃들의 삶이 아름답고 소중해져서 당황할 지경이었다. 자기 몫을 살고 있는 모든 존재는 아름다운 것이었다. 그리고 모든 삶은 그 무엇과도 바꿀 수 없는 가치가 있는 것이었다.

평소에 존경하던 한 노교수님의 말이 문득 떠올랐다. 공부도 제대로 하지 않고 조금은 날라리 끼가 있는 한 후배의 추천서를 까다롭기로 이름난 그 교수님이 써주셨다는 소식에 의아해서 그게 사실이냐고 물었을 때 그분은 내게 이렇게 대답하셨다.

"젊었을 땐 잘나고 예쁜 놈들만 당연히 사랑했었지. 그런데 요즘 엔 오히려 조금 굽은 놈에게 더욱 마음이 쏠려. 굽은 놈은 펴서 쓰자는 생각이 든단 말이야."

정말 그랬다. 시간 속에 살고 있는 모든 존재는 결국 그 나름의 가치가 있는 것이었다. 빛나고 아름다운 것은 말할 것도 없지만 조금 부족하고 비뚤어진 것들조차도 사랑으로 감싸고 보면 반드시 쓰임새가 있었다.

승리만이 싸움의 목표는 아니라고 하지 않던가. 자기 자리에서 온갖 먼지를 뒤집어쓰고도 봄에는 파란 새순이 돋고 가을엔 어김없이 단풍물이 드는 저 들꽃들처럼 제 몫을 다함으로써 경건한 것이 바로 인생인지도 모른다. 너무 목적주의에 사로잡혀 무엇을 이루어낸 것에만 가치를 둔다면 삶은 삭막해지고 건조해지고 말 것이다.

'수고했다. 그런대로 힘껏 살아냈구나.'

오늘 밤, 가만히 내가 나에게 악수를 청해본다.

바닥

나는 바람이 나서 어느 날

대양 한가운데까지 떠밀려 갔다

이 세상 온갖 해를 씻어 올리는 곳이었다

맨몸뚱이로 바닥에 가라앉았다

우울의 끝의 끝, 참패와 고독으로

나뒹굴었다. 뼈부스러기를 주워먹었다

그러나 죽지 않고 탕아처럼 돌아가리라

이왕이면

이 세상 처음인 길로 가리라

왜

우리는
홀로 서야만
하는가

시계가 이미 자정을 넘은 시간. 창밖에서 흘러넘치던 자동차 경적소리마저 잠잠해진 이 순간, 해야 할 일을 홀로 붙들고 괴로워한 경험이 누구나 한번쯤은 있으리라. 사랑하는 가족들도 모두 잠들어 집 안은 숲처럼 고요하지만, 그 고요 속에서 무한한 안위와 행복을 느끼기보다는 인간의 절대 고독에 잠시 몸서리쳐본 경험 말이다.

왜 이렇듯 인간은 홀로 서야만 하는 것일까. 서로가 서로를 한없이 사랑한다 해도 결코 대신해줄 수 없는 것들 속에 사는 것이 우리들 목숨이 갖는 슬픈 한계요, 존재의 이치인 것일까. 문득문득 반문해보고 쓸쓸해하지 않을 수 없다. 아무리 아들을 사랑한다 해도 아들의 숙제를 대신해줄 수 없고, 아무리 딸을 사랑한다 해도 딸의 감기를 대신 앓아줄 수 없다. 자기 것은 오직 스스로 해냄으로써 바로 자기 존재의 의미가 있는 것이 목숨이요, 생의 비밀인 것이다.

나는 지금 십여 년 전 만났던 한 소녀의 이야기를 하고 싶어 서두를 이렇듯 거창하게 시작하고 있다. 그 애는 내가 교사로 재직하고 있던 여고의 학생이었는데 한쪽 다리가 없는 장애소녀였다. 성격이 밝고 공부도 곧잘 했지만, 나는 그 애가 한쪽 다리가 없어서 출렁거리는 교복바지를 흔들거리며 목발을 짚고 4층 교실을 오르내릴 때마다 안타까워 어찌할 줄을 모르곤 했다.

그녀는 심지어 청소까지도 다른 애들과 똑같이 해내고 있어서 교사인 나로서는 참으로 다행이었다. 그렇다고 하더라도 그녀가 그해 가을 경주로 가는 수학여행까지 따라나서는 데는 솔직히 반갑지 않았다. 물론 목발을 짚었어도 한쪽 다리가 없으니 성실하고 야무진 학생이라고는 하지만, 그런 조건으로 차를 수십 번 오르내리고 산을 올라가고 여기저기 고적을 둘러봐야 하는 일정은 사실 무리라고 생각했다. 꽉 찬 일정 속에서 많은 학생들과 같이 생활해야 하기에 우선 안전문제도 마음에 걸렸고, 모두가 즐거워 날뛰는데 한쪽에서 구경만 하는 그 애가 신경이 쓰이기도 했다. 그러나 그 애는 오히려 그런 나의 심정까지를 아는 듯 어딘가 겸손해하면서도 일행을 잘 따라다녔다. 그래서 나는 수학여행 이틀 후쯤엔 그 애에 대해 마음을 놓아버렸다.

수학여행 사흘째는 모두 새벽 4시에 기상하여 토함산을 올라가기로 되어 있었다. 새벽에 토함산을 땀을 흘리며 올라가는 것은 자기연마의 의미가 있었고, 또 그러한 고행 끝에 동해 일출을 맞이하는 것이 바로 수학여행의 골자였다. 그런데 새벽에 일어나보니 참으로 난감한 문제가 생겼다. 선생님들이 각 방을 돌며 무섭게 아이들을 깨웠지만 아이들이 꿈적도 하지 않는 것이었다. 아예 일어날 의사가 바늘 끝만큼도 없는 것 같았다. 아이들은 해방감에 들떠서 사흘을 밤마다 낄낄거리고 춤을 추더니 그만 사흩째는 지쳐 쓰러져버린 것이다. 할 수 없이 겨우 몇몇의 학생들만을 간신히 깨워서 토함산을 올라갔다. 새벽이라고는 하나 매우 시간이 이른데다가 마침 한 줄기 달빛조차 없어서 가까운 옆사람도 분간할 수조차 없었다. 그래서 모두가 그저 인기척만을 따라서 올라갈 수밖에 없었다. 산을 오르는 길은 어디나 그렇지만 토함산도 이리저리 굽어지는 고개와 경사가 만만한 것이 아니었다.

그런데도 새벽부터 관광을 하러온 사람들이 여러 지방의 사투리를 내쏟으며 두런두런 산으로 오르고 있었다. 산중턱쯤 올라갔을까, 나는 가쁜 숨을 몰아쉬다 말고 부산한 발자국소리 속에 섞여 들려오는 이상한 규칙음 소리에 그만 전신이 긴장상태가 되고 말았다. 그리고는 반사적으로 '아아!' 하고 울음과도 같은 감탄을 터트릴 수밖에 없었다. 목발을 짚고 열심히 산을 오르고 있는 저 낯익은 모습. 그녀는 어둠 속에서 나를 발견하자 너무 반가운 나머지 내 한쪽 팔목을 잡으며 "선생님, 숨 가쁘시죠?" 하고 해시시 웃는 것이었다. 성한 육체로 밤새 몸을 비틀며 춤을 추다가 쓰러진 친구들 틈에서 목발을 짚고 일어서서 지금 저 애는 혼신을 다해 산을 오르고 있었던 것이다. 나는 지금껏 이보다 더 빛나는 학생을 본 적이 없었다. 천천히 힘차게 산을 오르던 그녀의 목발소리를 나는 나의 영혼 속에 깊이 각인시킬 수밖에 없었다.

그 후 내가 해야 할 뭇의 삶이 번거로울 때마다 나는 그녀의 힘차고도 외롭던 목발소리를 떠올리며 불같이 일어서곤 했다. 그러고 보면 그해 수학여행은 기실 학생들에게보다는 오히려 철부지 교사였던 내게 더욱 소중했던 여행이 된 셈이었다. 뚜벅뚜벅, 정확하게 내딛는 목발소리 덕분에 아침을 맞이하기 전에 토함산쯤은 발아래 엎드린 작은 야산이 되었음은 물론이다.

목숨이 아무리 외롭고 생의 무게가 무겁다고 하지만, 잘 생각해보면 반드시 그것만 있는 것도 아니다. 목발을 짚고도 홀로 일어설 수 있을 만큼, 그런 작은 신비로움이 우리 안에는 이미 있는 것이다.

왜 이렇듯 인간은

홀로 서야만 하는 것일까.

서로가 서로를 한없이 사랑한다 해도

결코 대신해줄 수 없는 것들 속에

사는 것이 우리들 목숨이 갖는

슬픈 한계요, 존재의 이치인 것일까.

성공 시대

어떻게 하지? 나 그만 부자가 되고 말았네

대형 냉장고에 가득한 음식

옷장에 걸린 수십 벌의 상표들

사방에 행복은 흔하기도 하지

언제든 부르면 달려오는 자장면

오른발만 살짝 얹으면 굴러가는 자동차

핸들을 이리저리 돌리기만 하면

나 어디든 갈 수 있네

나 성공하고 말았네

이제 시詩만 폐업하면 불행 끝

시 대신 진주 목걸이 하나만 사서 걸면 오케이

내 가슴에 피었다 지는 노을과 신록

아침 햇살보다 맑은 눈물

도둑고양이처럼 기어오르던 고독 다 귀찮아

시 파산 선고하고

행복 벤처 시작할까

그리고 저 캄캄한 도시 속으로

폭탄같이 강렬한 차 하나 몰고

미친 듯이 질주하기만 하면

행복할 때

내 두 팔에는
날개가 솟는다

얼마 전 일이었다. 한 여성잡지에서 특집화보 한 장을 찍고 싶다는 제의를 해왔다. 나는 글을 쓰는 사람이므로 언제나 글을 쓰는 것이 최우선이지만 가끔은 이렇듯 피치 못할 제의를 받을 때도 있어서 잠시 머뭇거리고 있는데, 그 잡지사에서 막무가내로 나의 '가장 행복한 순간'을 찍겠다는 것이었다.

나의 가장 행복한 순간은 언제일까? 나는 그 잡지사의 요청과는 별개로 새삼스럽게 행복이란 주제에 골몰하기 시작했다. 내게 있어 가장 행복했던 순간이라……. 그것은 막연하기만 했다. 우리는 누구나 행복하기를 원하지만 실제로 행복이 어디에 있는지, 그 본질은 무엇인지는 다소 막연한 채로 알고 있는 것 같다. 오랫동안 행복이라는 것을 찾아 헤매던 사람이 결국은 자기 집 처마 끝에서 행복을 발견했다는 계몽적이고도 감동어린 파랑새 이야기를 나도 열심히 떠올려보았다.

나는 원고를 다 쓴 탈고의 순간이 아닐까 하는 생각이 들었다. 더구나 밤새워 글을 쓴 다음 날 아침, 머리는 헝클어질 대로 헝클어져 있고 입 안은 까슬까슬하고 두 눈은 퀭하니 들어갔지만 그 피로에 젖은 모습이 나 스스로 아름다워 온몸을 떨었던 적이 있다. 뿐만 아니라 수북이 쌓인 원고를 바라보며 마치 엄격한 의식을 치르고 벗어놓은 뱀의 허물 같은 그 빛나는 나의 노력들에 대해 나는 스스로 감격했었다.

그때 아침 창문을 열어놓고 두 팔을 힘껏 벌릴 때면 나의 시간
은 눈부시게 빛나고 나의 온몸에서는 부스스 날개가 솟는 것 같
았다. 그때가 가장 지쳐 있는 피곤한 모습이지만 나는 그렇게 혼
신을 다해 일하고 난 후의 모습에서 무언가 생명의 몫을 다한 것
같은 향기로운 행복의 내음을 맡을 수 있었다.

그런데 그날 저녁이었다. 아직도 초콜릿과 인형 하나만으로도
세상이 다 제 것인 것처럼 행복해하는 딸에게 물었다.

"사람들은 어느 때 가장 행복해할까?"

나의 질문에 그 애는 당연하고 쉬운 것을 묻느냐는 듯이 다음과
같이 말하는 것이 아닌가.

"그거야. 물론 돈을 셀 때지."

나는 그만 깜짝 놀라지 않을 수 없었다. 그리고 순간 무언가를 들
킨 사람처럼 좌우를 한 번 반사적으로 살펴보지 않을 수 없었다.
벌거벗은 임금님을 향해 모두가 아름답다고 경탄했을 때, "임금
님은 벌거벗었다"고 소리를 지르던 어린아이의 목소리처럼 그것
은 내게 충격적이었고 신선했다.

일격에 한 꺼풀을 홀렁 벗은 느낌이라고나 할까? 솔직히 말하자
면 이 시대의 많은 사람들이 돈을 세면서 가장 행복해할 것 같았

다. 나만 해도 그랬다. 원고료를 받을 때 감사하고 행복해했던 것도 사실이다. 그러나 딸의 대답이 정곡을 찌른 대답이라고 시인해버리기엔 무언가 부끄럽고 억울했다. 더구나 시를 쓰는 나의 입장에서는 두렵고 난감해지기조차 했다.

시인과 돈은 마치 상극처럼 서로 맞물려서는 안 되는 무엇이어야 하지 않을까? 고통의 산물인 시를 낳는 시인으로서 돈에 탐닉한 모습을 딸에게 보여주었다면 그것은 부끄럽고도 아찔한 일이 아닐 수 없었다. 나는 굳이 변명할 의사는 없었지만 그리고 돈쯤은 우습게 여길만한 경지도 못 되었지만 돈과 행복과의 관계를 생각해보지 않을 수 없었다.

사람들이 돈을 셀 때 가장 행복해하는 것은, 다름 아닌 자신의 노력에 대한 대가에 감사하고 감격한 것은 아닐까? 그것은 마치 봄부터 가꾼 수확을 가을걷이 하다가 울려오는 종소리에 지순하게 고개 숙인 밀레의 그림 〈만종〉의 분위기처럼 눈물겨운 순간일 것이다. (만종의 배경에 대해서는 여러 가지 다른 해석이 있다)

부_富에 대한 탐닉이 남다른 사람이 없는 것은 아니지만 대부분의 사람들은 바로 자신의 소중한 시간을 바쳐서 얻은 신성한 대가에 경의를 표하는 것이리라. 물론 나도 그 중의 한 사람인 것은 말할 것도 없다. 세상에 태어나 시를 쓸 수 있다는 것만으로도 행복한 일인데, 기적처럼 원고료까지 받을 수 있다는 것은 가슴 벅찬 일이다.

나는 원고료를 받을 때마다 바로 그런 점에 감격했고, 그래서 그 돈으로는 어떤 것도 할 수가 없어서 가능한 한 향기로운 것을 위해 쓰려고 애썼다. 그러고 보면 나는 진실로 행복한 사람이었다. 시를 쓰는 그 고통을 기꺼이 행복해하고, 그 모습을 스스로 사랑하며 작은 소득까지 얻으니 얼마나 절묘한 행복인가.

원래 행복이란 단어 'happiness'는 옳은 일이 자신 속에 일어난다는 뜻을 가진 'happen'이란 단어에서 나온 말이라고 한다. 그러므로 자기 노력 없이 밖에서 찾아온 운명 같은 그 어떤 행운 따위가 아니라, 부단히 나의 내부에서 갈구해서 만들어지는 나의 일에 내가 행복해하는 것은 참으로 당연한 일이다.

나이와 상황에 따라 사람마다 원하는 행복의 요건도 달라지게 마련이지만, 대부분 현명한 사람들은 깨닫게 된다. 욕망을 무한히 키우고 그 키워놓은 욕망을 위해 허우적이는 가운데서 행복이 결코 존재하기 힘들다는 것을. 그래서 젊고 의욕이 많은 사람들은 욕망을 늘려나가면서 행복해하기도 하지만, 나이가 들면서는 차츰 자신의 욕망을 많이 줄여놓고 그 안에서 또 다른 행복을 만끽하기도 한다.

그리고 보면 행복은 크고 빛나고 풍요로운 데도 있고, 작고 조촐하고 절제된 가운데에도 있는 것이다. 높은 산을 오르며 땀을 뻘뻘 흘리는 사람은 저 가까이 산정이 보이므로 행복하고, 낮고 조용한 어깨로 산을 내려오는 사람은 발밑에 바스락 이는 낙엽 밟는 소리와 산골 물소리에 또한 행복한 것이다.

우리는 하루에도 몇 번씩 삶의 이쪽 끝인 천국과 저쪽 끝인 지옥을 뜨겁게 오르내리며 살아간다. 생명을 다한 노력과 떳떳한 결실. 그리고 그것을 감사할 줄 아는 마음이 있다면 우리는 행복하다고 큰소리쳐도 되지 않을까? 그리고 보면 행복은 처마 끝에 있는 것이 아니라 바로 내 두 팔 안에 있음이 분명하다.

나무 학교

나이에 관한 한 나무에게 배우기로 했다

해마다 어김없이 늘어가는 나이

너무 쉬운 더하기는 그만두고

나무처럼 속에다 새기기로 했다

늘 푸른 나무 사이를 걷다가

문득 가지 하나가 어깨를 건드릴 때

가을이 슬쩍 노란 손을 얹어놓을 때

사랑한다! 는 그의 목소리가 심장에 꽂힐 때

오래된 사원 뒤뜰에서

웃어요! 하며 숲을 배경으로

순간을 새기고 있을 때

나무는 나이를 겉으로 내색하지 않고도 어른이며

아직 어려도 그대로 푸르른 희망

나이에 관한 한 나무에게 배우기로 했다

그냥 속에다 새기기로 했다

무엇보다 내년에 더욱 울창해지기로 했다

현재를
가장 젊게

소유하고 싶다

청춘은 소유하는 것이 아니라 추억하는 것이라 했던가. 내 나이 아직 청춘을 추억할 만큼 느긋하지 못함에도 불구하고 언제나 청춘이라는 말은 나를 들뜨게 한다. 그것은 청춘이라는 말이 갖는 무한한 가능성, 즉 언어의 한계를 뛰어넘어 언어 밖의 무한히 자유로운 공간까지 도달하려는 유일한 가능성을 '청춘'이란 단어가 품고 있기 때문이다.

그러나 사람들은 청춘을 상실한 후에야 그 진가를 알아차린다. 손에 쥐고 있을 때는 그것이 다이아몬드인 것을 알지 못하다가 놓쳐버린 후에야 그것의 황홀한 가치를 알게 되는 안타까움. 그 안타까운 공간 속에 우리의 청춘이 놓이는 것이다.

바로 말하겠다.
지금 당신은 청춘이다.
아름답고 고귀한 다이아몬드,
그것이 바로 당신 손 안에 있다.
무엇을 할 것인가?
어떻게 살 것인가?

이것은 철학자의 주제가 아니라 우리의 주제다. 하려고만 든다면 무엇이 안 되겠는가. 그러나 기실, 하려고 들어도 안 되는 것이 너무 많은 우리네의 삶이 아니던가.

이십대를 갓 지난 어느 가을날, 나는 중요한 신문기사 하나에 꽂혔다. 우리나라 사람으로 세계적인 작곡가가 된 독일의 한 예술가의 이야기였다. 그의 예술적 탁월함과 성공에 대한 칭찬보다는 빛나는 성취를 이룬 그가 처음 작곡공부를 서른아홉 살에야 시작했다는 것이 내 마음에 꽂힌 것이다.

서른아홉 살! 나는 그때 뛸 듯이 기뻤다. 내가 서른아홉 살이 되려면 아직 십수 년도 더 남아 있었기 때문이다. 서른아홉 살에 시작한 사람도 이렇듯 세계적인 예술가가 되는데, 아직 젊고 아름다운 나이로 지금 시작한다면 무엇을 못하랴.

그날부터 나는 불면不眠으로 들어갔다. 시간의 그 절대의 가능성 위에서 무섭게 헤엄쳤다. 무엇이 된다면 더욱 좋겠지만, 무엇이 되고 안 되고는 나의 뜻밖의 것이었다. 헤엄치는 그 자체의 기쁨! 이 생각 밖의 소산을 나는 맛보게 된 것이었다.

청춘은 때로 얼마나 망령스럽고 주책스러운 것인가. 생각과 말과 행동이 어긋나는 배리 속에 자기 의지대로 움직여주지 않는 육체를 끌고 다녀야 하는 것이 또한 우리의 청춘이다. 그러니 청춘이라는 말에 속아서는 안 될 것이다. 진실로 주책스럽고 망령스러운 것은 노령老齡이 아니고, 바로 청춘이라는 그 더운 시절이기 때문이다. 그러나 이상하게도 그 청춘의 시절에 목숨의 빛나는 보석이 빚어지는 것이다.

가능성의 위험함과 신비함. 청춘은 바로 그것을 지니고 있기에 멋진 것이다. 그러니 철저하게 밑뿌리가 보일 때까지 청춘을 앓아야 한다. 전신으로 청춘 위에 쓰러져야 한다. 적당한 방랑, 적당한 절망, 적당한 꿈, 적당한 반항, 적당한 자존심. 이런 것들을 용서하지 않는 것이 바로 청춘이어야 한다.

선진이라는 부르는 곳, 문명구이라 부르는 곳, 혹은 훌륭함이라 부를 수 있는 모든 것을 보며 그것들의 비밀을 나는 한 마디로 요약했다. 철저 정신! 바로 그것이었다. 작게는 옷에 달린 단추 하나에서 크게는 우주선에 이르기까지 그 모든 과학, 그 모든 문명, 그 모든 예술, 정치, 경제 등 그 모든 사회구조까지 절대로 엉성하게 대강 돌아가는 구석이라곤 하나도 없다. 오직 철저한 정신으로 빚어가는 것이다.

손 안에 다이아몬드를 쥐고 그것의 가치도 미처 느끼지 못한 채 적당히 점잖게 보낸다면 그것은 미리 정신이 늙어버린 나이 어린 노인에 불과한 것이다. 무엇이 점잖은 것인가? 젊음은 이 말을 혐오한다. 점잖게 보내지 않을수록 청춘은 빛나는 것이다. 다이아몬드처럼 화려하게 존재하는 것이 청춘이어야 한다.

어김없이 시간은 간다. 눈이 시리도록 아름다운 신록을 바라보며 나를 가장 젊게 소유하고 싶다. 청춘이 갖는 그 뜨거움과 그 서투름을 사랑하고 싶다.

살
아

있
다
는

것
은

초판 1쇄 인쇄 2014년 12월 8일
초판 1쇄 발행 2014년 12월 15일

지은이 | 문정희
펴낸이 | 성미옥
펴낸곳 | 생각속의집

출판등록 2010년 5월 18일 제300-2010-66호
주소 | 서울시 종로구 혜화동 53-9 2층
전화 | (02)318-6818 팩스 | (02)318-6613
전자우편 | houseinmind@gmail.com

ISBN 979-11-86118-12-2 03810